bad boy jim thompson

バッドボーイ

ジム・トンプスン

土屋 晃 訳

文遊社

バッドボーイ

1

いちばん古い記憶といえば、つねられたこと。比喩的な意味ではなく肉体的にだ。わたしはろくに口が回らず、なにかと蹴つまずいてばかりの、どんくさい頭でっかちの子どもだった。さほど年は違わなかったのに、妹のマクシーンは機敏で頭の回転が速く、よくしゃべるし、やたらすばしこかった。わたしの動作や態度にいらつくと――それはまあいつものことだったが、妹はつねってきた。こちらがすんなり指示にしたがわないとつねる。〝赤ん坊の肌みたいにすべすべ〟という譬えは、わたしにはおよそ縁がなかった。幼児のころのわたしの皮膚は、石炭用のトングのせいで斑点だらけといった具合だった。

トンプスン家の財政がもののみごとに逼迫して、一家でオクラホマシティのとんでもない場所に引っ越してまもないある日のこと、マクシーンは食料品店から帰りがけの黒人の子どもふたりに目をつけた。ふたりは牛乳の大壜を持っていた。マクシーンはわたしのことをぎゅっとつねって階段から歩道まで連れ出すと、ふたりの少年に声をかけた。

あんたたち、白くなりたくない？　と妹は訊ねた。牛乳と引き換えに、あたしが姿を変えてあげるからと。わたしもそんないたずらで、黒人の少年たちより黒くされたことがあった。それはもう黒く……いまのわたしを見てもらえればわかる。

少年たちはうさんくさそうにしていたが、つねられたわたしは大声でマクシーンの話を請けあった。もう一度つねられてキッチンへ走ると、わたしは石鹼とたわしという、変身をもたらす道具を手にした。それからマクシーンに急き立てられ、患者たちを裏庭の水栓のところまで連れていき、ふたりを擦りはじめた。マクシーンは牛乳を屋外便所（界隈はそんな造りだった）に持ち込んで飲めるだけ飲み、壜を穴に落とした。

便所から出てきた妹は、家にはいったとたんに怯えた悲鳴をあげた。マクシーンを追って家を飛び出してきたのは母だった。困惑しきりの黒人たちからわたしを引き離すふりをしながら、マクシーンが何度もきつくつねってきて、母が現場に到着するころには、わたしもわめきちらしていた。母は新鮮な牛乳一クォート分の代金を払い、少年たちの身体を拭いてやってから、ただじゃおかないわよと言いながらわたしを家に引っぱっていった。庭に残されたマクシーンはおぞましい冷笑をもらしながら、引きつづき悪魔のような計画に思うぞんぶん取り組んだ。

なにしろ幼稚だったわたしは、かろうじて言い訳が通じそうなうちに事情を説明することができなかった。ただ肌で感じたものはある。そのときは曖昧模糊としていたが、やがてそれはふくらんではっきり形をとった。

どうしたって大目玉を食うのはこっち。だったら楽しんだほうがいい。

2

わたしはいつでも友情を求めていた。ふだん着ていたバスター・ブラウンのブラウスをわたしから巻きあげようと思えば、やさしい言葉のひとつでもかければ事足りた。わたしの幼いころ、父はオクラホマを転々として、同じ町にひと月と留まることがなかった。これでは新しい学校になじむには短すぎるし、かといってサボるには長すぎる。知り合いができそうになると引っ越しのくりかえしだった。

そんなわけで、友情に飢えていたわたしは、何度騙されても目の前の餌に食いついた。あの当時、〝突き倒し〟という遊びがあった。ひとりの子が標的とする相手に近づいて肩に手をまわし、親しげに会話をはじめる。そして相手が心を開きはじめたのを見はからって、もうひとりが背後にひざまずき、最初の子が相手を突く。標的は後ろざまに引っくりかえる。

この〝突き倒し〟とか、それに似た遊びで何度倒されたか知れないわたしは、友情のように見えるものというのは、友情とはまったくの別物ではないかと思いはじめた。そんなふうに考えるのが厭で抵抗もした。のちにわたしは、これは仕事柄というか、差し出される親切から一歩退き、その真意を冷たく問いただすようになる。

そのうちに、父は〈ストーク・クラブ〉の所有者であるシャーマン・ビリングズリーの兄弟、ローガン・ビリングズリーの法律事務所の共同経営者となり、オクラホマシティにほぼ腰を落ち着けた。オクラホマに移ってきたころの父は保安官で、リンチに遭っていたローガンを救った縁があった。くわしい経緯は知らないが、以来ふたりは親交を深め、ついには共同経営者の間柄となったのである。

ローガンにはグレンという札付きの腕白息子がいた。いまやハリウッドで気取ったレストランを経営しているそうだが、それはこの話とは関係ない。

グレンは不死身だった。ある土曜の午後、事務所の窓から身を乗り出して転落した。四階から落ちたのに、かすり傷程度で助かった。一階にあるドラッグストアの日除けを突き破り、乳母車の上に着地した。さいわい乳母車の主は不在だった。車のほうはめちゃめちゃに壊れてしまったのだ。それでも当のグレンは無事だった。

家族で住んでいたのは街の西部にあたるウィラード校の近辺で、そのころはたいへん柄が悪かった。わたしは毎晩、身も心もすり減らして帰宅した。グレンのほうは意気揚々と、朝には他人の持ち物だった高価な品々をたんまりせしめたりしていた。

ある朝、年上の少年たちが寄ってたかってグレンをマンホールに落とし、蓋をした。そんな目に遭わされたら、並の子なら恐怖でどうにかなってしまうところだが、グレンはちがった。彼は下水溝をあちこち探索しつつ、泥に埋もれた相当な額の小銭を拾っていった。こうして儲けをあげた数時間後、別のマンホールから表に出たグレンは警察に電話をかけ、少年の一団が友人を下水溝に放りこんだと話して犯人たちの名前を伝えた。しかも自分の名は告げずに電話を切ると街に出ていった。

警察は学校で少年たちを検挙して、すぐに罪を白状させた。被害者はグレンと判明した。下水溝での遺体捜索がはじまり、警察署に連行された若い犯罪者たちは、長い少年院暮らしを覚悟した。

夕方になり、ひょっこり現われたグレンは、ほっとした警官たちから英雄さながらの喝采を浴びた。自宅まで送られ、ショックで食事も喉を通らないようなありさまで寝かしつけられた。が、実は腹痛と目が疲れていただけだったらしく、当人はぴんぴんしていた。映画を四本観て、キャンディにアイスクリームなど、ごちそう数ドル分を腹におさめていたのだ。

その一件があってから、学校のワルたちはグレンに近寄らなくなった。いわば猛毒である。

グレンにたいし、わたしは尊敬しきりだった。

3

ローガンが新天地を求めてニューヨークに転居してしまうと、父はトム・コナーズというまた別の法律家と提携した。トムはかなりの有名人で、しかも素面のときは一流弁護士だった。射撃の名手でもあり、山賊パンチョ・ビリャからもらった銃把が象牙の四五口径を二挺、肌身離さず持ち歩いていた。

子どもふたりと、さらにもうひとり生まれることになり、将来にかすかな不安をいだきはじめた父は、不安定な法律仕事の下支えにと、オクラホマシティの東側に小さな食料品店を手に入れた。父本人は街を留守にすることが多かったので、店を切り盛りするのは母とわれわれ子どもたちということになった。

裏に広い庭とナシの果樹園があった。店の奥がわたしたちの住まいだった。家賃はなく野菜と果物は無料、そのうえ小さいながらも堅い商売で、わが家の台所事情は好転したかにみえた。

ただし、これはトム・コナーズ抜きで成り立つ勘定だった。

父が不在だったある夏の午後、事務所から訪ねてきたトムは酩酊しない程度に酔っていた。うちで予備の寝室を用意すると、彼は短い昼寝をしたあと裏口から出かけていき、酒を二クォート買って帰ってきた。そして裏庭をうろつきはじめた。

わたしたちの食事がすんだころ、酒壜を空にしてもどってきたトムは、顔に驚愕の表情を貼りつかせていた。

「親愛なるミセス・トンプスン」トムは法廷向けのみごとな口舌で切り出した。「あの高価なナシの果実だが、あなたはどんな方法で守っていらっしゃるのか？　夜警か番犬を使っているのですかな？」

「いいえ」母は羞み笑いを浮かべた。

トムは厳然と頭を振った。

わたしはお父上の友人だ、とトムは言った。彼の財産が奪われるのを黙って見過ごすつもりはありません。ナシ園の面倒はわたしがみましょう。このままでは、彼が帰ってきたらナシが一個もないなんてことになりかねない。

トムは店から包装用の縒り紐を一巻持ち出すと、裏庭に出て木に登った。枝から枝に紐を張りめぐらしていき、巨大な蜘蛛の巣状のものをこしらえると背中から地面に落ちた。それで臆することなく、次の木に登って一本めと同じようにした。さらにその次、その次と。

果樹園にはあわせて二十本の木があった。おそらくトムは優に一マイル分の紐を張りめぐらした。それからマクシーンとわたしに手伝わせ、小石を詰めたブリキ缶をいくつも用意すると、家の各部屋に数個ずつ配置して紐の先を結びつけた。

というわけでその晩、ナシ泥棒の被害はなかったけれど（トムに現実を納得させることはできなかったが）、強風が吹いた。木が揺れて傾ぎだした。小石の詰まった缶が跳ねた。石のつぶてが部屋を飛び交って窓を割り、電灯や食器を破壊した。ブリキ缶は転がってベッドの下を出たりはいったりした。何マイルにもなりそうな紐が、わたしたちを容赦なく縛りあげようと狙ってきた。

不意に身体の柔らかい場所を何カ所も突かれたり引っかかれたりして、わたしは女々しい声で母を呼んだ。暗闇のなか、神業のようにわたしを見つけだしたマクシーンがつねってきたのだ。母はわたしたちを叩き起こそうとして、ベッドの手すりで手首を折りそうになった。そうこうするうちにトムが目を覚ました。

トムは跳ね起きると両手に四五口径を握り、泥棒がはいったぞと叫んだ。メキシコの言葉で指示を飛ばし、裏口へ駆けだしたとたん、束になった紐が足に絡みつき、ばたつかせた腕も同じく自由がきかなくなった。それでも果敢に缶を引きずり、割れた破片や寝具、軽めの家具も道連れに前へ進もうとした。だが、ついにはカボチャがはじけるような音をさせてドア枠に頭をぶつけると、その場にぶっ倒れた。

そして幸せそうにいびきをかきはじめた。

蠟燭を灯した母が部屋に来て、トムの様子をたしかめた。なんとも険しい表情で、手にしたケチャップの瓶を振っていた。やがて、良心と内なる衝動との間で葛藤したあげく、母はトムに毛布を掛けてやり、わたしたちはベッドにもどった。

夜が明け、ウィスキーを欲して早起きしたトムは、わたしたちが起き出すころには悔恨などどこ吹く風だった。すでに何杯か生《き》で飲った勢いでわたしたちを裏庭へ連れ出すと、このありさまをよく見たまえと命じた。いまだったらわたしたちも（訊かれたら）、地面に散乱する果実を指さして、泥棒は来なかったと答える。トムは風など吹かなかったと否定してみせた。

怒った母に詰め寄られ、トムは表にまわって店の入口に立った。四五口径をいじりながら、店にはいろうとする常連客をひとりずつ呼びとめては、脅迫まじりの説教を垂れた。彼らのことを恐ろしい〝別名〟で呼び、〝前科《まえ》〟を挙げてみせた。ある者はあわてて逃げだし、多少なりと胆の据わった者は、激怒して足を踏み鳴らすように歩き去った。

昼過ぎになって、長身で頑丈な体軀の男が、ブリーフケースを提げて通りをやってきた。父だった。父はトムを寝室へ送り、その後は〝治療〟に行かせた。それから一週間ほどして、わたしたちは店を処分した。

その間、わたしの記憶では客がひとりも来なかったのだ。

父はほぼ独学の身で、心もとない懐具合がつづいたため、服装や社交の常識には無頓着だった。だが名士や準名士、またその筋に、ああも多く友人をもつ人間はそうそういない。他人からあそこまで助言を請われるような男はめったにない。

無知を毛嫌いしていた父は——その理由はすぐあとに述べる——あらゆる分野における専門家となった。政治家は大統領から使いっ走りの議員にいたるまで、政治問題に関する父の意見を重んじた。穀物の相場師は作況のことで父に相談を持ちかけた。通信社は父の拳闘や競馬の予想を引用した。法律、経理、農業など数多くの職業や商売について、父はそれらを生涯の仕事とする人間以上に知識があった。

わたしたちがテキサス州フォートワースで暮らしていた二〇年代初頭のある晩、極地探検家のドクター・フレデリック・A・クックが、わが家を夕食の客として訪れた。ドクはちょっとまえに石油事業に参入し、それが軌道に乗っていた。繁華街にあるオフィスビルの三階分を借りて千人近い人間を雇い、郵便代だけでも週に二千五百ドルかけていた。

ドクは広告チラシの束を取り出して父に見せた。父はそれを眺めた。

「これは出しちゃいけない」と父は助言した。「檻に入れられる」

「おいおい、ジム」ドクは苦笑した。「これはうちのコピーライターが何週間もかけたものなんだ。印刷には何千ドルも使ってる。そのどこがまずいって?」

「青空法違反だ。顧問の弁護士から指摘があるだろう」

「しかし、うちの顧問弁護士は大丈夫だと言ってるんだ!」

父は肩をすくめて話題を変えた。変えようとした。クックはチラシの話をしようと譲らなかった。しまいに苛立ちを見せはじめた。

「きみの問題はだな、ジム、些細なことまで心配しすぎるところさ。この件ではきみが間違ってることを、僕が証明してみせよう。あした、こいつを郵送するぞ!」

ドクはレヴンワースに十二年収監された。


大事においては天才だった父も、俗事においてはてんでだらしがなかった。本人はそのことを自覚していなかった。やたら家族を巻きこんだ大騒ぎをくりかえし、そうやって招いたひどい結末は認めようとせず、あるいはわたしたちが協力しなかったせいにした。

わたしが八歳のころの記憶だが、父が母に、わたしの文学の好みを訊ねた。母の答えに不満をおぼえた父は、アメリカ史全十二巻と大統領書簡集を買いこんできた。そして、そんなものはわたしの年齢に合わないと怒る母を鼻であしらった。

「おまえはこの子たちを無教養に育てようとしてる」と父は力説した。「いいか、わたしは四歳で大統領の名前を端から言えたぞ……」

その後につづいた長いリストの中身は、わたしには空を飛ぶのと同じで不可能なことばかりだった（その落差に、生涯悩まされてきた気がする）。だが、それから数カ月は毎晩、父の前で本の音読をやらされた。家でそんな本を読む一方、学校では『バウワウとミュウミュウの冒険』を、祖母の農場では『トムとジェーン』を読んだ。

同様にして、わたしは割り算を習得しないうちから高度な会計事務を教えこまれた。公民の授業を受けるまえに政治学の手ほどきをされた。かぶる帽子のサイズも知らないのに、ベテルギウス星の大きさは憶えていた。教師にしてみれば、わたしはいつでも厄介な難物だった。自分たちより知識があるかと思えば、当然知っているはずのことを知らなかったりするからである。

きびしい父だったと伝えるつもりはない。父はその正反対の人だった。めったに声を荒らげなかったし、わたしたち子どもを叩くようなことは一度としてなかった。ただ単に自分の領分を守り、母の領分は母にまかせるだけでは満足できない性質《たち》だった。

父はたまに、わたしたちがろくに食べていないという思いに駆られ、〝わたしたちの骨にすこし肉をつける〟作業に取りかかった。それで大量に出来てきたのが、本人呼ぶところの〝サカタッシュ〟で、これは目につくいちばんの大鍋で豆、トマト、トウモロコシ、エンドウ豆、さらにおそらくはケチャップを一本使って料理したものである。わたしたちは母から食べるのをきつく禁じられ、そこで父は一、二クォート分を自分の腹に入れると、残りを容器に詰めて小脇に抱え、近所に配って歩いた。

父の最大の欠点は、他人の悪い部分を見抜けないところだった。それを周囲から指摘されるのを厭がったし、指摘されても認めまいとした。例の食料品店を売り払うと、わたしたちはオクラホマシティのウェスト・メインストリートに越した。通りの向かいに住む一家には小さな女の子がいて、なにかとマクシーンに食ってかかり（その逆もあった）、母はその子の母親とふた言、三言交わしただけで、あの家族はどうしようもないと切り捨てた。父はそんなことを言うもんじゃないと母を諌めた。あの人たちのことをよく知らないうちから拙速に判断すべきではないと。

その晩、父は〝サカタッシュ〟をつくり、母は上機嫌ではなかった。

「そこまであの家族のことを思うんだったら」と母は甘い声で言った。「訪ねてさしあげたら？　それを持っていってちょうだい。見たところ、なんでも召しあがる人たちみたいだから」

もうすこし会話があって、父はやおら立ちあがると帽子をかぶった。鍋を抱え、ぎくしゃくとした足取りで通りを渡っていった。

約三十分後、父はもどってきた。それも忌み嫌われていた隣人の男女とその娘を連れてだ。男は小柄で筋張った体形で、見たことがないほどの青い目の持ち主だった。女は派手で感情が表にあらわれるタイプ。彼らは父にそそのかされて挨拶にきたのだった。

母は唇をきつく結んで座ったまま、必要なときだけぶっきらぼうに言葉を発した。父は当然ながら、ますます愛想がよくなっていった。

男がセントルイスにある自動車ディーラーの代理人であると知れると、父はさっそく車の購入を検討していると口にした。この訪問が終わるころには、試乗の約束が出来ていた。

やっと客が帰ると、母はけたたましいといった調子で笑いだした。

「あなた、車を買うの！　頭がおかしいんじゃない、ジム・トンプスン？　じきに赤ん坊がもうひとり生まれて、そこらじゅうに借金があるのに。それでいて車を買うなんてよく言うわ！　言っとくけど、あの男は犯罪者よ！　あいつが乗りまわしてる高級車は、どれも盗んだものにちがいないんだから！」

父はそれを一蹴した。「おまえとこの議論をつづける気はないな」

「だったら、わたしを乗せようなんてしないことね！　わたしも、子どもたちも……」

で、わたしたちも試乗には行かなかった。

父はひとりで乗りにいき、ほかにも何人かが試乗した。車の値段は驚くほど安く――そういった状況では決断の速い父だけに、買わずにはいられなくなり、バーゲン好きの母の心も多少揺らいだ。だが母は男をさんざん犯罪者呼ばわりした手前、引くに引けなかったのだろう。

それがさいわいした。わたしも男の姓ぐらい憶えていそうなものだが、いままで書き散らしてきた犯罪小説と同じく、思いだすことができない。しかしながら、男はやけに敏捷なところと真っ青な瞳のせいで、六州の警察から〝モンキー・ジョー〟という異名を奉られていた。何百台もの車泥棒をやり、たしか十三件にものぼる殺人事件を起こしたミズーリの車窃盗団の南西部における一員だった。

男が逮捕された当時、家ではもうひとりの妹フレディが生まれたばかりで、犯罪以外の話題もいろいろあった。だが新聞の日曜版では事件について、世間の興味が下火になるまで報道がつづいた。何週間にもわたり、〈ジョー、猿の青い目をもつ男〉の写真や犯行歴で紙面が埋まった――このことがわが家から日曜版が唐突に姿を消した理由になるのかどうか、そこはよくわからない。

父はまったく関係ないと言った。

5

世紀が変わる前後のある日、マッキンリー大統領の風貌をもつ大柄な若者が、イリノイから準州だったオクラホマに流れてきた。どこか重苦しい物腰が、本人の履歴にあまり似つかわしくない男だった。並はずれた博識の持ち主と一目置かれる一方で、学校教育をほとんど受けておらず、職歴は機関助手で数ヵ月、田舎の学校教師が一年あまりとごく限られていたからである。

男は血縁だった共和党の高官に相談を持ちかけ――オクラホマ準州は共和党が統治していた――連邦保安官補に任命された。その後は援助を求めることもなく、求める必要もなかった。というのも、この若者がそなえた天分とは友をつくる力にあった。で、言ってしまえば、それがいいことばかりとはかぎらないという話だ。

オクラホマが州に昇格すると、男は民主党の固い地盤だった郡で保安官に立候補し、地滑り的勝利を得た。再選されて二期連続で任期をつとめ、ほかに大望がなければ保安官職にいつまでも留まれたかもしれない。男の究極の目標とは、合衆国大統領の座だった。なにしろ本人は死ぬ日まで、人は誰でも大統領になれると信じていた。そこへ向かう長い道のりの一歩として、共和党の公認を得て連邦議員の候補者となった。

ここに至って、男の交友の才が足枷に変わった。いったんは心を寄せた親友たちが最大の敵になってしまう。この若い男の——つまりは——父の場合がそういうことだった。

父の正直さには、見るに堪えないといった感じがあった。比較的小さな保安官室で、父が己れの経歴や素性を語る機会はついぞなく、口にするのはごく一般的な信条ばかりだった。しかし議員ともなれば、選挙人は自分のひととなりを知る権利があるし、法律をつくる人間として期待もされると父は考えた。そこで文字通り、殺されそうになりながらも発言をつづけた。

有権者の大多数を占める、深南部《ディープサウス》からオクラホマに移ってきて「ジムのやつはほかの北部者とはちがうぞ」と親しみをこめて話していた男たちは、父の言葉に驚いて黙りこみ、やがて色をなした。男たちは父のミドルネームのSが、シャーマン将軍の海への進軍に同行した父親から付けられた〝シャーマン〟の略だと知った。そのうえ南部は厭でも合衆国の一部なのだから、早く現実を受け入れるべきだと諭された。父は共和党員として人種の平等をめざして立候補し、その平等を勝ち取って維持するために戦う覚悟であると説いたのだった。

案の定、父の正直さはオクラホマ史上最大の政治的敗北をもたらした。それればかりか、父は二年あまりを逃亡犯としてすごすはめになった。

辺境の保安官にはありがちだが、父の帳簿付けははっきり言ってずさんだった。その手の作業に疎いうえに、無法者の追跡に忙しかった、または忙しいと本人が思いこんでいた。父には自分も部下も、公金は一切横領していないという自負があった。であれば三期目の終わりに、帳簿上に三万ドルもの欠損が見つかったからといって、どこが問題なのか。

事実、議会選挙での完敗を除けば、問題はまったくなかったのである。父が誠実であることは周知の事実だった。何千もの支持者を味方につけた男に、誰も暗黙の非難さえ向けようとしない。父は時間と金が出来しだい、会計の専門家をまとめて雇い、保安官事務所の体制を立てなおすつもりでいた。ところが選挙戦の終盤になると資金が尽き、友人たちは離れていき、帳簿の見直しなどさせないという圧倒的な数の敵が生まれた。

一夜にして父は刑事告発され、長い刑期が避けられない状況に追いこまれた。途方に暮れた父はメキシコへ逃げた。

燦然と輝く経歴になるはずだったものが、ここに終止符を打たれた。父は自活することもかなわず、妻とふたりの幼子とはほぼ永久の別居となった。文無しで、金を稼ぐにには日雇い労働者と同じ条件で張りあうほかなかったのだ。むしろより偏った条件で、と言うべきかもしれない。メキシコ政府は、飢えた自国民から職を奪おうとするアメリカ人に冷たかった。

そんな環境におかれて、他人がどうふるまうかはさておき、ここははっきりさせておく。わたしだったらリオグランデ河にはいり、帽子が浮きあがるまで歩きつづけるだろう。

それはむろん父の身の処し方ではなかった。

人の苦労は無知から生じる――とくにこの場合は、法と会計にたいする無知から生じた。そう考えた父は、足りない知識を補っていこうとした。差し迫ったこの困難に対処する智恵を身につけ、今後も可能なかぎり、あらゆる分野で知識を深めていくのだと。

父はどうにか金をつくると、法学と会計学の通信教育を受講した。寸暇を惜しんで勉強にはげみ、およそ二年後には法学士号と会計士の免許を郵便で受け取った。そのかたわら、オクラホマのかつての盟友たちとの連絡も絶やさなかった。父にたいする反感は下火になっていた。彼らは父が帰って裁判で争う気なら、資金を援助するし保証人にもなると言ってきた。

父は帰った。自身の帳簿を精査したうえで裁判所に申し立てをした。郡には借りがないばかりか、郡のほうで数千ドルの未払いがあると明かしてみせた。

こうして父はオクラホマ保安官協会の代理人兼選任会計士となり、個人の事業も拡大させていった。だが成功への道をたどりながらも、その気前のよさと催促嫌いがわざわいして、父の貧乏生活は長びいた。その間、母とマクシーンとわたしは、父のメキシコ逃亡中にはじまった習慣に逆もどりした。

ネブラスカの田舎町で、母の身内と暮らしたのである。

親戚と生活すること、自分の身辺が他人に筒抜けで、それ以外は話題にもならないような噂好きの小さな町で生きることの辛い側面については、いくら語っても尽きることがない。だが、そういった話は別の本で（そのなかで）さんざん思いめぐらしてきたので、そんな経験もしたと述べるにとどめる。その他のこともひっくるめると、愉快な時間をすごすことが多かった。

こんなふうに前向きになれたのも、祖父マイヤーズによるところが大きい。あそこまで粗野で辛辣で、がさつで情に厚い好漢をわたしは知らない。

思いだすのは、ものすごく信心深い祖母に伝道集会へと引っぱっていかれた晩のこと、帰ってきたわたしは暗い寝室でふるえながら横になっていた。怖くて眠れなかった。牧師からみれば罪悪に染まりっぱなしだった六年あまりの人生で、すでにわたしは地獄の特等席行きが決まっているものと観念して、朝までにそっちへ連れていかれると思いなしていた。

そのうち、物音はたてずにいたのに――祖母を起こしたらどんなことになるか、わかりすぎるほどわかっていたから――アンダーシャツにズボン姿の祖父が忍び足でやってきた。「眠れないのか?」祖父はざらついた声で嘲るようにささやいた。「どっかの馬鹿におどかされて、小便をちびりそうか? まったく、いい子にしてねえとな!」

祖父はわたしにオーバーオールを着させて外へ連れ出した。途中でキッチンに寄り、コンロの奥で温めてあるウィスキー・トディのパイントカップを手に持った。裏庭に出たわたしたちは便所へつづく踏み板に腰をおろした。そこでトディをふたりで代わるがわるたっぷり口にすると、祖父はピッツバーグの安葉巻をわたしに何服かさせ、おもむろに自説を開陳した。

一部の信心家について、連中の言いぐさを真に受けるのは愚の骨頂だと舌鋒鋭く、それでいて面白おかしく語ってみせる祖父の一席をここに再現することはできない。トディの効果も相まって、忍び笑いの発作に襲われたと言えば充分だろう。笑ったおかげで眠れたし、朝になっても思いだし笑いが止まらなかった。

悲惨きわまりない少年期を経験した祖父は、子どもの心を落ち着かせることこそ善、心の平安を乱すものは悪と信じていた。わたしも同感だ。これは数少ないわたしの信念になっている。

祖父、または一族に〝爺《じい》〟として知られた男は、わたしが物心つくころには老人で、本人は自分の年齢さえ知らなかった。人口統計など見向きもされなかった時代、生まれてすぐ孤児となった祖父は養家をたらい回しにされ、働きづめでろくに食事もあたえられず、叩かれてばかりだった。それでも本人の記憶では、大柄に生まれた痩せっぽちで、一人前の仕事をしていたということらしい。

北軍の鼓笛手になったのは十五歳のはずだが、自分では十歳に近かったと思いこんでいた。戦争が終わるころにはいっぱしの軍曹で博奕打ち、酒もすっかり癖になり、悪銭身につかずの渡世を送っていた。何をしたいかわからないまま、働くなら稼ぎがよくて身体が楽なものと決めていた。

むろん読み書きもろくにできない青二才に、そんな仕事があるはずもない。アイオワの故郷にもどると、ほかに取り柄もなく石工として何年か働き、金を稼いだそばからギャンブルに費やした。すると運が向いて、儲けた数百ドルを懐にセントルイスへ出た。そこで七十二時間ぶっ続けの大勝負に挑み、ついに一万ドルを超える金をつかんだ。

なにしろ、大きいことならいいことだという男で、当時は小資本家にとって最大の商売といえば金物と農機具である。爺は地元に販売店を買って経営に乗り出し、堅気の商売人の道を順調に歩みはじめたかに見えた。

　それはそう見えただけである。総じて堅気とはいえない爺が味わうはずだった成功は、それこそ偶然のようにあっけなかった。ギャンブル好き、酒好きは相変わらず。食いつめた連中にはやたら肩入れするし、金持ちにたいしては徹頭徹尾冷たい。爺にしてみれば、ポーカーで金をするのは借金を返さないまっとうな理由であって、そんな不運な人間にはいくらでも返済の繰り延べをしてやる。翻って、財政的に優良な筋には早めの取り立てを仕掛け、請求を水増ししたりする。要は連中の金は人様から盗んだものだろうし、自分のほうがもっとましな金の使い方ができるという理屈だった。

　彼の何が問題だったかといえば、腰を落ち着ける覚悟がまるでなかったことだろう。妻子と商売に〝縛られている〟との思いが募り、日々をやりすごすのがしだいに耐えがたくなっていったのだ。値段の交渉でも根気が足りなかった。購入をためらう客にはいきなり大きな値引きを持ちかけ、それでも客の踏ん切りがつかないと、こっちの気が変わらないうちに失せろと怒声を投げつける。

　そんなでたらめの末路は見えている。ある夏の夜更け、爺は家族と積めるだけの家財道具を積んだ幌馬車をひっそり走らせ、わが家と商売を捨てた。〝わが〟と言うと語弊がある。もはや家も商売も彼のものではなかったし、運び出した軽めの品にしても、債権者に見とがめられたらそれまでなのだ。

ネブラスカ準州に入植してからは思いだしたくもないほどの歳月、二人分の仕事をこなした。畑と酪農をやりながら、石工もつづけて手広く仕事を請け負った。やがて五十の歳が近づいてきたころ、彼は立ちどまってわが身を振りかえった。

町はずれに、居心地のいい家と数エーカーの土地がある（結婚した息子にはそれなりの農場を持たせた）。町に小さな賃貸不動産をいくつか所有していた。もう頃合いだ、と爺は考えた。南北戦争の恩給もあるから暢気にやっていける。残りの人生、一瞬だって働くものか。

彼は石工用の道具類を載せた荷車を寄せ集めると、そこに作業服を積みあげて火をかけた。そして青いサージのスーツ、黒の大きな帽子にサイドゴアブーツという〝紳士らしい〟支度で、忘れていたお楽しみを取りもどしに出た。

しかしながら、爺が勤勉な生活を送っているあいだに、時代は悪いほうへと激変していた。もはや真の賭博はなく、あるのは度胸のすわった男への侮辱に等しい、けちくさい小競り合いばかりだった。本気の大酒飲みの姿は消え、気もそぞろに酒をすすっては商売の話をする腰抜けしかいない。本物の男はどこにもいなかった。誰かを〝呼び出し〟たりしようものなら、その弱虫は拳と足を使ったまともな応対をするかわりに、相手を裁判に引きずり出そうとする。

実際家だった（と本人も認めていた）爺は、ウィスキー罎と長い黒い安葉巻の箱、それに女房との口論でほどほどの満足を得た。だが最初のふたつは人生そのものではなく、たかが恵まれた暮らしの副産物にすぎなかったし、祖母はというとまともに夫の相手をしなかった。〝口汚く〟て〝不潔〟で〝役立たず〟だと、わりと控えめに指摘してはさっさと部屋に閉じこもり、爺の心を何かとかき乱すのだった。

終わりが来た――というか、はじまったのは、動きまわるには馬と馬車が要るという爺の決心がきっかけだった。アフリカのジャングルにも、爺が連れ帰ってきた馬よりおとなしい獣がいる。売り手の話どおり、そいつは馴れていないばかりか、馴らされることを拒んだ。やがて新品の馬車を蹴り壊していくこの恐るべき獣に、爺はすっかり相好をくずすようになった。

それがはじまりだった。しまいには納屋先の庭に、この世にまたとない頑固な牝牛に喧嘩っ早い鶏、凶暴な豚が集まった。鶏は卵を産まず、肉は堅くて食えない。豚は贅肉を落とした筋肉質の戦士で、業者はただでも引き取らない。馬は一度に数分間しか働かない。牛は――そんなのは初めて見たけれど――脂肪のない乳を、それもほんのすこししか出さなかった。

爺はこの動物たちを愛した。彼らは必要とするものをあたえてくれたのだ。

納屋まで行くのは毎回冒険だった。羽をばたつかせた鶏が襲いかかってくる。牛は牛房の壁で押しつぶそうと突っかける。豚はつねに機会をうかがいながら、たまに爺をなぎ倒しては齧りついた。馬は蹴ったり跳ねたり咬みついたりした。

動物には悪態をつけないという不利な点もあったが、闘いは爺が設けたできるだけ対等な条件で絶え間なくつづいた。蹴る馬には蹴りを。突いてくる牛には突きを。羽ばたきながら迫ってくる鶏に、爺はやみくもに腕を振り回して対抗した。全力でかかってくる豚どもは、五分五分よりかなりいい条件を授かった。爺はその攻撃を長靴と杖のみで迎え撃ったのである。

爺の入浴は手ぬぐいと洗面器を使って軽くすすぐだけのものだったが、これを衛生面でだらしないと解釈するべきではない。本人には個人衛生に関して一家言あった。夜、朝、その合間にたびたび、体内の〝毒を殺す〟ウィスキーをたらふく飲んでいたのだ。

体温を一定に保つために、夏も冬も厚い毛糸の下着を着ていた。肝臓《レバー》、脳みそ、腎臓《キドニー》を大量に食べた（自身の内臓と頭を強化するためである）。そして寝る時間になると、身体に悪い夜気がはいりこまないように、家じゅうの窓という窓を目張りしてまわった。で、ようやく動物の話にもどるのだが、爺は便所ではふつうに座らず、便座に乗ってしゃがみこむ。

ある日、そのあぶなっかしい姿勢でいるときに、便所のドアが風で開いた。するとドミニク種のでかい雄鶏が、千載一遇の好機と駆けこんできて爺の尻を激しくつついた。あまりに卑怯な攻撃に憤りながらも、斧の力に訴えるような汚い手に出るわけにもいかない。以来、その雄鶏のことは端から無視するようにした。

むこうが飛びかかってきても、取り合わなかったり避けたりで、そのまま歩みを止めなかった。そんなふうに冷たくされて数日が経つと、雄鶏は納屋の人気のない隅にぽつねんと立ちつくすようになった。とさかは萎れ、嘴が地面につきそうなほどうなだれていた。のけ者を目ざとく見つけるほかの鶏に襲われ、頭を鋭くつつかれることもあった。それでも雄鶏はやり返そうとしなかった。

ある日のこと、雄鶏は幸せだった日々をしみじみ想い起こしていたのか、豚の囲いに近づきすぎた。横木の隙間から一頭の雌豚が鼻を突き出して、雄鶏の苦悩は永遠の終わりを迎えた。爺はあれは当然の報いを受けた、おまえの教訓にしろと言った。なぜわたしの教訓になるのかわからないが、とにかく爺はこの一件に気が動顛したらしい。家にどたどたはいっていくと、パイントカップに注いだトディを一気に飲み干した。例によって、用意した夕餉を冒瀆されると思いこんだ祖母が、あたしの料理が気に入らなけりゃ好きにしなさいと言っても、爺はむっつり見つめかえすばかりだった。実のところ、彼はいつもなら〝革とラード〟とけなすパイを半分も食べてから、ようやくわれに返って皿を庭に投げ捨てた。

わたしはこの生涯でずっと、うまそうな食事を台無しにされる理不尽を味わってきた。母は食欲に無関心な女で、つまりは料理上手の基本的な資質に欠けていた。妻は――そう、わたしの妻はすばらしい料理人だが、家の食事はたいがいわたしがつくる。記憶のかぎり最初に行ったレストランで、出された料理を食べてプトマイン中毒にかかったのだ。自分の手料理以外で、わたしがおいしいものにありついたのはせいぜい数十回といったところだろう。

わたしが友人の家で食事をすれば、その家に代々受け継がれてきた貴重なレシピがたちまち不味いものになる。申し分ない評判を呼ぶレストランが一体なんの得があるのか、わたしには山羊の脂で焼いた古い卵といった冴えない料理を出してきたりする。そんな恐ろしい陰謀に悩まされてきた人間を、わたしはほかにもうひとりだけ知っている。小物の詐欺師アリー・アイヴァーズ（後に多く登場する）は、度胸の足りないわたしにはとても真似できない文句のつけ方をした。

アリーは並はずれた吸収力がある大きな海綿を持参していた。食事に先立ち、この海綿に汚れた水を吸わせておく。料理が出てくると、海綿を下に滑りこませたナプキンを口もとに持っていき、そして……まだ話すべきだろうか。アリーが苦悶によろめき、手にしたナプキンから液体が噴き出すという凄惨な光景には、混雑していたレストランも五分以内に空っぽになるとだけ付け足しておく。

しかしながら、わたしが話そうとしているのは婆《ばあ》の――祖母の料理のことなのである。爺が用いた言葉は使えず、かといってほかに適当な表現もなく、どうつづけたものかいささか迷いがある。おそらくはどこにも――ドヤ街にも、スープ接待所にも、安食堂にも、強制労働収容所にも――どこにも、ともう一度くりかえすが、あんなひどい代物はなかったと言っておけばいいだろうか。

この善き女性は、農業関係の雑誌に掲載された食物と衛生の〝正しい知識〟を乱読して、日ごと意見を変えた。塩分で動脈硬化が起こるからと、料理に必要な調味料を入れないようにする。ベーキングパウダーは〝消化不良を起こすことで知られている〟ので――婆は反対意見を聞かされるまでは、パウダーを入れずにビスケットをつくった。かと思えば、ベイクトビーンズにバニラを数滴垂らすと、その風味が〝食欲を増進する〟だけでなく、ペラグラの〝確実な予防手段〟になる。そこで、豆の鍋に何がはいったかはもうおわかりだろう。

バニラを入れた豆よりも、凡庸な味付けやペラグラや、死んだほうがましとさえ思う人間がいるということなど、婆にはどうでもよかった。ひたすらバニラである。ボストンで人気の野菜に残ったチョコレートカスタードをくわえると――その意味するところはともかく――〝驚異の足し算〟になると知るまではバニラ一筋だった。

チョコレートカスタードの残り物がなかろうと、婆の場合、そんな組み合わせはやめるとはならない。わざわざこしらえては残しておく。もはや言うまでもないが、婆はまるっきり融通のきかない女だった。

母とマクシーンとわたしは文句を言う立場にはなかったけれど、わたしは爺の処世訓にしたがい、何度も訴えては悲しい思いをした。でも、爺はわたしたちのために抵抗してくれた。できるだけ肉食にこだわり、自分の手で調理したり生で食べたりして、わたしたちにもそうしろと言ってくれた。だが食事時には毎度罵声が飛び交い、食卓を叩いたり皿が飛んだりで、激しくもむなしい場面が反復された。わたしの食後の家事という と、庭に出て割れていない皿を回収することだった。

神は味覚を奪った代償に、婆には鋼鉄で覆われた胃袋をあたえたのだと思う。そうでもなければ、あの比類なきお手製料理を盛大に食べてみせる能力は説明のしようがない。トンプスン家は、爺からこまめにウィスキーが投与されていなかったら、確実に死に絶えていたと思われる。

起床時と就寝時のいずれにも、わたしたちは濃いトディが手放せなくなった。学校がある日、夕方帰宅したわたしたち子どもには、たっぷりもう一杯ふるまわれた。冬のウィスキーは風邪の予防になる、陽気がよければ〝血をきれいにする〟というのが爺の考えだった。後にわたしは、早くからアルコールの味に親しんでしまったことを後悔する。だが、あの当時のわたしたちは酒なくして生き延びることはできなかったと思うのだ。料理を台無しにするのは、婆ひとりでやってのけることではあるにせよ、そこに爺の相当うかつな後押しがあったのも否定できない。というのも、爺はきまって火付け役で、実際の目的がどうこうよりも、激情の捌け口としてその任を引き受けていた。

爺の家事は、台所のかまどの通風孔を開け放ち、頑丈一方な火かき棒で突きまわすところからはじまった。本人いわく、こうやって煤を掻き出すのだと（台所にこびりついた炭の色から判断すると、爺の言葉を疑う理由はなかった）。しかも、それがこの先の作業に欠かせない不屈の気合を爺にもたらした。

爺はコンロの蓋を全部取り去ると、トウモロコシの軸、炭、新聞紙など焚き付けを手当たり次第に、ものの見事に積みあげる。いつものように、コンロ上に一フィートもの高さをつくる焚き付けの山へ、爺は火付け用の燃えたマッチを一握りも落とす。そしてケロシンの一ガロン缶を持ちあげ、中身の大半をコンロに振りかける。

爺が婆に向かってしきりに説いていた地獄の業火にしても、これほど壮大なものではなかったろう。ただ燃えるのではない。爆発するのだ。あえぐような、唸るような音をたてて十フィート離れた人間や物体につかみかかり、軽く天井まで噴きあがる。それが下火になり、爺がコンロの蓋をもどすころには、かまどの内部で不思議なことが起きている。焚き付けは炭に覆われ、焼け焦げた新聞紙が通風孔をふさぐ。それは場合により、婆が例のあやしい料理をはじめた瞬間、すっかり消えてなくなることもあった。あるいは隙間という隙間から急に火花と煙が吹き出し、最初の火を嘲笑うほどの炎がふたたび燃えさかったりもする。

油断怠りない爺だが、火かき棒でつつくどころか、コンロの御しがたい反応にはあらゆる責任を放棄した。婆が火加減の調節の仕方を知らなかろうと、それは爺のせいではなかった。結局のところ、家の料理を大きく改善するには、婆をつまみ出して撃つ——爺がしきりに勧めていた方法——しかないという、この爺の指摘にはそれなりの真実がふくまれていたのである。

7

ある早朝、爺は杖でつついてわたしを起こすと、いつものようにトディのカップを差し出してきた。服を着たらさっそく、静かに家を出ることになった。爺が〝大馬鹿者の群れ〟を見に連れていくというのだ。

もちろん、わたしはそれに従い、朝まだきの薄暗いなかをふたりして歩いた。節くれだった手でわたしの小さな手を握った爺は、軽口につつんだ冒瀆の言葉を吐いてわたしの記憶を刺激した。

当時の伝道集会では、世界が終わる日付けを牧師が予言するきまりになっていた。わたしを恐怖におとしいれたあの牧師は、自分が発って六週間後には、世界はもはや存在しないだろうと述べた。

町の人間でこの戯言を文字通りに受け取る――少なくとも、それを真に受けて行動を起こそうという者はまずいなかった。だが、爺はひそかに目星をつけていて、わたしたちはまもなくそんな家族が住む家の前に立とうとしていた。

これから起きることをほぼ承知していた爺は、呆れて蔑んだように鼻を鳴らすと、こいつはたまらんなと大声で口にした。目の前にある光景がまるでわたしのせいだとばかりに、この男と女房と三人の子どもは寝間着姿で何をやってるんだ、と問いをぶつけてきた。だいたい、なんであんな質素な小屋の屋根に上るんだ……それに（自分の疑問に、半ば自分で答えるかたちで）なぜ寝間着なんだ？　やつらは天国でずっと寝てすごすつもりなのか。それに、どうして屋根の上にいる？　神様が引き揚げてくれないとでもいうのか。地下に隠れてたら、神様はあの馬鹿どもに気づかないって？

いかがわしい素人牧師による、そんな遠回しの質問がつづくうち、道の反対方向に砂ぼこりが濛々と舞いあがった。わたしたちと同じタイミングで近づいてくる砂塵のなかから、やがて現われたのは爺の息子と義理の息子、それぞれわたしの叔父であるニュートとボブだった。ふたりの男はわたしたちに合流すると、すでに爺が消していた嘲笑を引き継いだ。

もはや状況が変わらないのを見てとると、わたしたちは〝馬鹿者たちが正気に返るまえに（返らないかもしれないが）〟、急ぎ足で町の周辺をめぐった。だが、この巡回についてはもう幕を引こうと思う。その朝、身内の誰よりも笑おうとしたわたしだが、実際は笑う相手に強く共感をおぼえていた。わたしは彼らにたいして尻込みしていたし、いまでもそれは変わらない。おそらく、わたし自身が何度となく大馬鹿者であったからだろう。

ニュート――わたしたちは母方の血筋に、〝伯父〟や〝伯母〟などの肩書を使わなかった――は、実父の学歴を高くしたような人だったが、爺ほどの粗っぽいユーモアは持ち合わせていなかった。自分の畑を耕すようになってわずか数年、馬との闘いに敗れて左足を切断する憂き目に遭った。しかも、松葉杖やステッキなしで歩こうとしたせいだろう（誰も彼を身障者に仕立てるつもりはなかった！）、切った傷跡から感染症にかかった。

それからは定期的に手術を受ける身になった。すこしずつ足を削っては義足の調節をする作業がつづいた。痛みはひっきりなしといった具合で、手術代も莫大な額にのぼった。にもかかわらず、彼は愚痴のひとつもこぼすことなく大きな畑を耕作し、大家族を養っていた。その笑い声は抑えかげんでぶっきらぼうだったが、それでも笑いはしたし、思いやりのなかに冷たい皮肉をたっぷり利かせる気味はあったけれど、なんといっても他人のことを思いやれる男だった。

高貴な家の出だったイギリス人のボブ伯父は、この小さなネブラスカの町に住み着いた理由をついぞ明かさなかった。仕事は商店経営を皮切りに、土地取引きに手を伸ばして、しまいには銀行家の地位を手にした。多くの意味で謙虚な男ではなかったが、成功は自身の手柄ではなく、すべてはキャッシュレジスターの発明のおかげと公言してはばからなかった。その優れた道具以外は従業員のことも信用しきれず、どんどん拡大して儲けのあがる事業に自ら関わった。

ボブには、自己資産は生活費にあてないという鉄の掟があった。また、その資産を一年ごとに大幅にふやすことにこだわっていた。商標登録された蚤とり石鹼からガソリンランプまで、十を超える製品の代理人を務め、彼から金を借りる者はそうした製品を融資条件として抱えこむことになった。

狡猾な取引きを実践する人間は得てして口が重い。ボブ伯父はちがった。誰とでも長話をして、こいつを〝引っかけた〟、あいつを〝むしった〟などと自慢する。

やがてわかったことだが、ボブの強欲というのはポーズだった。その策略にしろ冷笑にしろ、小さな町の暮らしをしのいでいくための、彼なりの方便にすぎなかった。爺と同じで、ボブは周囲の環境に収まりきらなかった。そこを耐え抜くためには、つねに腹を立てた状態でいるしかない。実は、ボブは町で一、二を争う心の広い人物だったのである。

　以前からおたがい見知っていたはずなのに、わたしには七歳ぐらいになるまでボブの印象がほとんどなかったような気がするし、むこうもたぶんそうであったろう。きっかけはボブの家での夕食だった。長いテーブルの上座にボブ、間の席に奥さんと子ども六人、ペルシャ猫四匹にエアデール・テリア二頭をはさんで、下座にわたしが座った。ボブの脇には口金の付いたヒッコリー製の長い棒が置かれ、それで猫や犬をしつけるという場合もあったけれど、エチケットを乱した子どもを叩くことが多かった。恐ろしい形相でわたしを睨みつける合間に、子供を居間に追いやったかと思えば、蓄音機を巻きなおしてクラシックのレコードをつぎからつぎへとかけていった。

　わたしはすっかり畏まっていた。そこへボブからいきなり、『ブランの因習打破主義者《アイコノクラスト》』を知っているかと訊かれて、ろくに機転が利かないまま、わたしは口ごもるようにうんと答えた。

「食べるものかね?」ボブは見せかけの笑顔を向けてきた。「コーンフレークみたいなものか」

「ち、ちがう」わたしは消え入るような声で言った。「雑誌だよ」

ボブは厭味たらしく高笑いすると、ことさら驚いたようにうなずいてみせた。おっと、これはご名答！　わたしがつづけて、シェイクスピアは万年筆の名前にあらず！　とでも言うと思ったのだろうか。そんなことを、わたしが口にするとでも？　苦虫を嚙みつぶしたように歯をむくボブの顔を見て、わたしはまさに総毛立った。

にもかかわらず、わたしは彼の予言どおりの答えを言った。

ボブはぞっとする唸り声を洩らすと、不意に新たな問いを発した。「スクープチゼルとは誰だ?」

「ス、スクープ……？　知らない」とわたしは答えた。

「し・ら・ない？　知らないだと！」怒りと狼狽に顔を赧らめた伯父の姿に、わたしはその瞬間、これで終わりだと観念した。しかし努力など、彼の奥底にある資質からは失われていたはずなのに、ボブは自分を抑えていた。澄んだグレイの瞳にやさしげな光をたたえて、懇切丁寧に説明してくれた。これを機に、わたしはスクープチゼルの話題を持ち出せば、伯父の気分がなごむことを発見した。スクープチゼルとは不世出の大作家であり、その見返りとしての名声を卑劣な義兄のバイロンに盗まれた男なのだ。

スクープチゼルの文章には、こんな不朽の一節があった。

だからこそ、若く勢いのあるうちに
黄金の貨をつかめ。
衰え弱ってからでは
薪も割れなくなるであろう。

だが、スクープチゼルの真骨頂とは他の詩人の作品に寸評をくわえることだった。フィッツジェラルドの問い、「ワイン商人が購う、己れの売り物の半分ほども大切なものとは何か」にたいし、スクープチゼルは「保護だ！」と切りかえした。「人間の胸の内には、希望が永遠に湧き出る」という教皇の発言には、「それも結婚するまでのこと、いずれその場は移るもの」と語った。

スクープチゼルの作品にいたく感銘を受けたわたしは、父とふたたび暮らしはじめてから、小学校の上級でその言葉を引用してみせた。そしてこれはもう必然の結果だが、わたしはボブ伯父に傷心と非難の手紙を書き送ることになった。伯父からはすぐに返事が来た。

ボブは手紙で、教師の無知を責めろという助言も、スクープチゼルなど実在しないんだという告白もしなかった。ただ、誰でも何かを信じずにはいられないし、私はスクープチゼルを信じたい、たとえ存在しないにせよ、どうにも存在すべきだったと書いていた。文末は、〝いいか、帽子をかぶったまま首をすくめていろ。キツツキが追いかけてくる〟と結ばれていた。

ニュートとボブには年のころが同じで、わたしより八つか十は上の息子がいた。ふたりは想像力たくましく、茶目っ気があり、わたしが思いつかないようないたずらを仕掛けようと手ぐすね引いているようなところがあった。みごと成功したたくらみで、町はずれの屋外便所の便座に電気を通したというのがある。従兄弟たちが配線をやり、乾電池を電源にした。ふたりと近くの草むらに伏せたわたしは、決定的瞬間にスイッチを入れる役を仰せつかった。まあ、人が便所を離れるスピードに関しては統計などあるはずがない。だが、われらの地方電化計画に犠牲者がいたとすれば、いまだにその記録は破られていないという自負はある。

この町で小学一年生となってまもなく、わたしはふたりの従兄弟に、先生からいじめられてると泣きついた。善き青年たちはひどく動揺した——動揺しているように見えた。

わたしたちはニュートの納屋の屋根裏にこもって話し合った。ひとしきり煙草を噛み、盗んだワインを呷り、そこで結論に達した。

従兄弟たちは、先生はスケベって病気にかかってると言った。〝欲しいのに、どうしたら手にはいるかわからないんだ〟と。だから授業が終わったら教室に残って、〝先生がウキウキする場所を〟つついてやればいいと入れ知恵された。そうすれば、おまえは〝けっこう楽しいやつ〟ってことになって、悩みは解決に向かうから。

そう、交尾する家畜の痴態をさんざん見てきただけに、わたしはこの計画をすんなり呑んだ。それどころかすっかり乗り気で、従兄弟たちもまんざらではなさそうだった。自分たちが仕掛けたいたずらに、わたしともども引っかかったのだ。ふたりは興奮気味に――もはや冗談ではなく――わたしへの指示をくりかえすと、先生に伝える科白まで振ってきた。わたしは、先生が時間と場所を決めたら駆けつけます、ぼくらも精いっぱいやるので、先生は心安らかに家路に着けるはずです、と話しかける予定でいた。

これはありのままの言葉ではないが、内容はおおむね正しく伝えている。従兄弟たちが付けてきた科白は相当にあからさまで、やや礼儀も欠いていた。

翌朝、わたしは小走りに学校へ急ぎながら、幸福な日々がすぐそこにあると信じ、これから演じる場面をひそかに稽古した。休み時間になると指示どおり、教室に居残った。先生がしびれを切らすのを待って、わざとゆっくりドアを出ながら人差し指でつついた。ぼくは〝楽しいやつ〟なんだと証明してみせてから、従兄弟たちの伝言をつたえようとした。

わたしがその一言も発しないうちに、頬をりんご色に染めたドイツ娘は騒ぐわたしの耳を持ち、校長室まで引きずっていった。

不愉快な立場といっていいものか、そこから救われたのにはふたつの事情があった。ひとつは、わたしの罪状をほのめかす以上のことをしなかった先生の慎み深さだった。校長にしてみれば、わたしが〝悪ふざけ〟をしたという証言があれば、それが最強の告発となったのだ。もうひとつは町の住民にありがちな話で、ボブ伯父に経済的な急所を握られていたこの校長が、わたしに罰をあたえると、伯父の機嫌をそこねるのではないかと案じたのである。

そこで先生を先に帰らせたあと、校長はわたしに軽い説教をして頭をひとつ叩き、これからは〝きみの立派な伯父さん〟を手本に生きなさいと言った。やがて解放されて校庭に出ると、わたしはその足で最低のアドバイスをした従兄弟ふたりに食ってかかった。

前日の興奮ぶりもすっかり影をひそめ、ふたりはわたしが告げ口しなかったことにすっかり安堵するとともに、わたしが一発ずつ〝ケツ蹴り〟を入れることをすんなり受け入れた。これで手打ちだった。

その後、先生がすこしでもやさしくなったかどうかについては記憶がない。たぶん、最初からそれなりにやさしかったのだろう。思えば彼女は二度と、わたしの手のとどく範囲には近づいてこなかった。わたしが馬鹿でも、むこうはそうではなかった。

この、わたしの従兄弟たちには一風変わった行動規範があった。本人たちとしては自明で合理的ということらしいのだが、外の世界では腹立たしいばかりか理解不能な理屈である。ふたりのいたずらに、何かと協調して参加していたわたしでさえ翻弄され、戸惑うことも多かった。

ある春のこと、少年たちが何カ月も鳴りを潜め――これなら絞首刑をまぬがれて、悪くても終身刑で人生を終えるのではないかと期待も高まり――喜んだ家族が一台ずつぃかした自転車をプレゼントした。わたしはニュートの農場で開かれたその贈呈式に出席したのだが、これがまた印象的な出来事だった。

まず爺が一族の長として、鈍感な若者たちの脳天をぶち割りそうな勢いで杖を振りたくり、身の毛もよだつ一席をぶった。つぎにニュート、ボブの順で、それぞれ杖と口金付きの棒をこれ見よがしにしごきながら話を継いでいった。それから不穏な気配をたぎらせて、笞をあやつる女性陣が前に進み出た。使われる言葉に野卑なところはなかったけれど、にもかかわらず、彼女たちの説教は畏怖の念を植えつけるものだった。その場には爺の宣告にあったように、心して振る舞い自転車を大切にしないと、青年たちは納屋の扉に磔にされ、生皮を剝がれるという共通の認識があった。

青年たちは、うわべはおとなしく耳をかたむけていた。やがて彼らはわたしを伴って納屋にはいると、自転車を数百あまりの部品に分解していった。

この無謀な行為がすぐにも露見すると、ふたりは時間が欲しいと訴えた。一週間もらえれば、こんな子どもじみた玩具、すなわち自転車を、美しく使いでのあるものに変えてみせるからと言い切った。怒ることに疲れた大人の親戚たちは、手を上げることなく同意した。

一週間は大騒ぎのうちに過ぎていった。青年たちは屋根用の丈夫なブリキ板を何枚か手に入れた。さらに大量の硬材に鋼棒にペンキ、そのうえガソリンを使う古い送水ポンプの基礎部品を運びこんだ。わたしを助手にして、ふたりは叩いては切り、形をつくってはんだ付けをやり、ペンキを塗り、切ってねじ留めをした。こうして七日目の前夜、ふたりの才能は——脱線することも多かったが——まさしく実を結んで、一台の自動車を造りあげていた。

タイヤを除き、細部に至るまで自動車そのものだった。走りも当時の自動車と遜色なかった。

わが大人の血縁たちは、納屋の通路で短い試走をしてみせたわたしたちに驚き、かつ喜んだ。青年ふたりの壮大な野望を訝しむことなく、翌日に本格的な実験をおこなうという発表にも異を唱えなかった。

その夜、従兄弟たちとわたしはニュートの家に泊まった。翌朝、一張羅に袖を通すと勇んで納屋へ乗りこみ、自動車のエンジン音が、猫が喉を鳴らすような音になるまで調整してオイルを差した。埃が完全に消えるまで、輝く赤い車体を磨きあげた。そして、わたしを中央に三人でフロントシートに陣取り、さっそうと車を庭へ乗り出した。

わたしたちは庭を二周して、親戚と親戚が得意になって集めたご近所さんの目を釘付けにした。これで実験の約束を果たしたということで、わたしたちは一気に全速力を出し、まえもって決めていた目的地——食料貯蔵庫の開いた扉に車を向けた。

扉は地面にあり、家の地下へとつづく長い急な階段に向かって開いていた。わたしたちはこの階段に突進し、車のフェンダーその他の部品とともに、わたしたち自身の皮膚も削りながら下っていった。階段の底に垂直に扉が立ちはだかっていて、そこでボンネットの下からエンジンが吹っ飛び、わたしたちも投げ出された。身体と機械類が宙を飛び、フルーツや野菜を入れた壺が破裂したその衝撃で家全体が揺れた。

傷を負い血にまみれた姿で、ようやく陽の下に這い出たわたしたちを、恐ろしい歓迎が待ち受けていた。しかし、自動車が階段をつぶして下の扉に突っ込んでいる状態では、貯蔵庫にもどることもできない。

悪態をつくより早く、ニュートは終了を宣言した。「いや、もういい」と切り出したあと、フルーツと野菜の供給が断たれたので家族は壊血病で死ぬしかない、だったら早いに越したことはないと言った。「もっとひどい死に方だってあるぞ」という残酷な指摘に反論は出なかった。

さいわい、肉とグレービーなどですごして数週間、壊血病の危険が迫ってきそうなころ、ニュートは周囲の説得を受けて分別を取りもどした。その結果、キッチンの床から貯蔵庫に通じる新たな入口を設けることになり、新しい扉と新しい階段をめぐる作業は、従兄弟たちとわたしの肉体を完膚なきまで消耗させた。というのもニュートは当然ながら、その仕事に指一本上げようとしなかったのである。爺とボブとの三人による現場の差配で、わたしたちは一週間ベッドから出ることもできなかった。

従兄弟と最後に共謀した悪だくみのせいで、わたしたち三人はあやうく死にかけた。思い立ったのはパラシュートの文献を読み、その初期の技術についてあれこれ議論したのがきっかけだった。

母とわれら子どもたちがオクラホマの父と合流することになり、お別れの日曜の晩餐に係累がニュートの家に集まった。食事がすむと、従兄弟たちとわたしはこっそり納屋の屋根裏へ上った。そこには、まえもってベッドシーツ三枚と物干し綱を隠してあった。わたしたちはさっそくパラシュートと呼ぶほかない代物を肩に結わえつけると、牛囲いに建つ高さ六十フィートの風車塔に昇っていった。

風が吹きすさぶ、冷たい秋の日だった。わたしはふるえながら風車塔に隣りあった貯水槽に目をやり、三人で〝飛び込む〟ことになっていた深さ四フィートの水を凝視した。身顫いとともにかすかな吐き気がして、引きかえしたくなった。しかし、仲間たちが冷ややかな野次を浴びせてきた。ふたりはわたしのことを、情けない臆病者、勇敢な腕白小僧、といっぺんにはやしたてた。結局、わたしは塔の上まで行った。

従兄弟たちはおたがいの尻を突いたり、パンチを出したりしながら後につづいた。てっぺんにたどり着くと、ふたりが場所を空けろと命令してきた。そうしたいのはやまやまだったが、乗っている台は小さい。しかたなく手を伸ばし、風車の羽根を固定するアームをつかんだ。

その動作と同時に突風が吹き抜け、そこにわたしの体重もくわわって固定装置がはずれた。事態を把握するまもなく風車が回りだし、宙に押し出されるような恰好でわたしの身体は左右に振れた。

わたしが足をばたつかせたせいで、台から落ちそうになった従兄弟たちはあわてて膝を落として呪いの言葉を吐いた。わたしに向かって「いいから水槽に飛び降りろよ」と叫ぶや、ふたりして梯子に駆け寄った。どっちも道を譲らず揉めているうちに、シーッと綱が絡みあった。わたしは相変わらず右に左に振られながら、きつく目をつぶって悲鳴をあげた。

すると家の裏手の扉が開き、人が表に出てきた。

先頭には爺にニュート、ボブ——最初のふたりは杖を、ボブは普段から持ち歩いて重宝しているヒッコリー製の長い棒を振りかざしていた。このトリオの後ろから、馬車用の鞭をかまえた伯母、馬具の紐を握ったもうひとりの伯母、そして家じゅうに常備されている笞を手にした母と婆が現われた。

さすがに彼らも、わたしたちを給水塔から降ろす方法は知らなかったのかもしれない。だが下に降りてからの計画は決まっていた。母の一族は万事がそんな調子だったが、そのかたわらで優しい子ども思いの一面もあった。要はどんな場面にも、辛辣な言葉と武器で立ち向かっていくのが習い性になっていたのだ。

給水塔の下に集まり、貯水槽を囲んだ彼らは、好き勝手な指示と脅しを大声で口にした。母はわたしを追って上に昇ろうとして引きとめられた。爺とニュートは木製の塔を激しく叩いた。

そんな騒ぎを圧するように突然、木の裂ける音がしたと思うと、従兄弟たちがしがみついていた踏み板が崩壊した。転落したふたりは背中から水槽に突っ込んだ。跳ねあがった水しぶきが、集っていた一団に降り注いだ。性別によってそれぞれわめいたり叫んだりした彼らは青年ふたりにつかみかかり、その後はまさに血祭りといった状態だった。

こうして身体を動かしたうえに冷水を浴びたことで、気を鎮めた親戚一同は風車をふたたび固定することに思い至った。おかげでわたしは台上に振りもどされ、秩序が回復した地上に降りることができたし、みんな疲れ切っていたせいで案外軽い罰ですんだのである。

8

妹のフレディは深刻な不況の最中に生まれた。その冬は国民にとっては概して、トンプスン家にとってはきわめて厳しい冬だった。父は石油事業に手を出していたが、あまり儲かっていなかった。そのころ、母は大半を病院ですごしていた。

十二室あったわが家は（父はフレディの誕生で、広めの場所が必要だと考えた）、たとえ地獄の業火でも暖かくならなかったろう。水道管が凍って破裂してばかりいた。わたしは寒さのせいで全身にヘルペスが出て、級友には即座に癌と診断された。いまから思うと、わたしのヘルペスはあの冬における愉快な出来事だった。なにしろ化膿した手を振ってみせるだけで、いちばんのガキ大将が声をあげて逃げていくのであるから。

症状が回復すると反撃にあったが、これすら自分のためになった。路地を全力疾走しては裏の塀を乗り越えるという、立派な運動をずいぶんやった。反射神経も研ぎ澄まされた。その感覚を失わなければ、自信のなさも大部分解消できた。

父が入院中の母の代理として雇った女性を、ここでは不相応に寛大な心をもってコール夫人としておこう。クルミ色の髪をぞんざいにまとめあげた、大柄でぽっちゃり肥ったその女性は父の友人の親類であり、生活に窮していた。父にとって、それにまさる推薦状はなかった。

ある晩、わたしが学校から帰ると、玄関の長椅子に夫人が横たわっていた。室内用のスリッパを履き、形のくずれた長いガウンを着たきりの姿だった。彼女はうつぶせのまま、力なくわたしに手を振った。

「さてと、あんたはジョニー？」

「ううん、ジミーだよ」

「ううんなんて言っちゃだめよ、ジョニー。はいといいえで答えなきゃだめ」

「どうして？」とわたしは言った。

コール夫人は顔を曇らせたが答えなかった。どうやら、わたしと親しくなろうと思ったらしい。「あたしはひどいリューマチなのよ、ジョニー。いろいろできないの。手を貸してくれる？」

いいけど、とわたしは言った。「どうしたいの？」

「起きるのを手伝って、ジョニー」

わたしは夫人の両手を取り、まっすぐ起きるのを手伝った。夫人は呻き声を洩らし、ひどく息を乱して立ちあがった。わたしは胸騒ぎをおぼえながら、夫人が母の部屋へ行ってドアをしめる様子を見守った。

数分後、夫人は薬か何かの臭いをぷんぷんさせ、さっきよりずっと元気になって部屋を出てきた。帰ってきたマクシーンが、わたしと同じ儀式の洗礼を受けた。マクシーンは初め、いい子にならないし手伝わないと答えた。そして、気が向いたらそうすると言いなおした。

「お父さんはいつお帰りになるの?」とコール夫人が訊ねてきた。もう帰ってくるとわかるとキッチンへ向かった。父が帰宅したときには、見るからに苦痛をこらえながら食卓の準備をしていた。

父は感心するとともに心配していた。「しばらく腰かけていたほうがいい。夕食は急いでいないから」

「まあ、そんな」コール夫人は哀れを誘う声音で言った。

「でも具合が悪いんでしょう。医者を呼びましょうか?」

コール夫人は、医者に診てもらう段階は過ぎてしまったのだと答えた。「大丈夫です、トンプスンさん。痛みとは二十年も付きあってきて、我慢するのもあと数年だから。

心配はいりません。あなたに厄介をかけるつもりもないし」

「もちろんそうでしょうが」父はやさしく応じた。「いまはとにかく座って、支度はぼくがやるから。ジミー、店までおつかいに行ってくれ、豆にトウモロコシにケチャップ、それと……」

父とコール夫人は〝サカタッシュ〟をほぼ一クォートずつ平らげた。マクシーンとわたしは少量のジュースにパンを浸して食べた。その後ふたりで店へ行き、チョコレートパイとウィンナー一ポンドを買って、外の階段に腰かけて食べた。

父は翌朝早く、数日の予定で出張に出た。家を出る際にはコール夫人を起こさなかったし、わたしたちが起きても夫人はベッドにもぐったままだった。きっと〝薬〟の呑みすぎで、相当具合が悪いんだろうと思ったわたしは同情して、まだ起きなくていいよと声をかけた。

「いいから、いまは放っておいて」夫人はめそめそ言った。「あのおいしいサカタッシュを自分で温めて」

マクシーンとわたしは朝食にパイとソーダとポテトチップスを買った。昼食にはハーシーのチョコレートバーとボローニャソーセージを買った。コール夫人は自分が空腹になると動きだし、夕食にはチリの缶をあけてハンバーガーを焼いた。

そんな調子で何週間か過ぎていった。父は町を空けることが多くなり、そうでなくても家ですごす時間はほとんどなかった。金銭問題で頭がいっぱいだったのだ。どのみち、これまでわたしが述べてきたような、周期的にくりかえされる騒ぎを除いて、父が家庭内の日常に首を突っ込んでくることはなかった。その騒ぎにしても、母がいないと愉しみは少なかった。

たまに父は、元気でやってるかとか、すこしは掃除をしてるのかと訊いてきたりしたものの、わたしたちの答えを聞いていたかどうかはあやしい。母にはあまり会うことができず、面会するほんの数分間のために、わたしたちは結構なおめかしをさせられた。

こうしてわたしたちは何週間も食事なし、風呂なしで、授業もほとんど受けなかった。わたしたちの通学するしないをコール夫人が知るはずもなく、出席法は（そんなものがあるとしての話だが）施行されていなかった。服を着たまま寝たのは、労力の節約と暖の取り方をコール夫人に教わったからである。食べたのはもっぱらパイにチリにハンバーガー。雑貨屋をひやかし、映画を見てぶらつく日々を送っていた。

ある午後、わたしたちがポーチでパイとソーダの昼食をいただいているところに、母が帰ってきた。医者の許可を得ずに病院を出てきたのだ。虫の知らせで家に呼ばれたという。

マクシーンとわたしは小躍りしながらタクシーに駆け寄った。これからもういっしょにいられるのと訊ねて、フレディを母から引き離すつもりだったのに——わたしたちはそこで尻込みした。

「どうしたの、ママ?」とわたしは言った。「どうして泣いてるの?」

「な、なんでもない」母は答えた。「ああ、可哀そうな子どもたち! あの女はどこ?」

「ミセス・コール? まだベッドにいる。こんなに早く起きてこないよ」

母は目をぎらつかせると、フレディをつつんだ毛布に鼻を乱暴にこすりつけた。「もう、なんなの? まったく!」

母は衰弱して歩くのもおぼつかないほどだったが、先に立って階段を昇った。フレディを長椅子に寝かせて居間を見渡した。開いたその唇から、拍車を掛けられた馬を思わせる怒声が放たれた。汚れた食堂を調べてまわりながら、いま一度嘶《いなな》いた。台所に目をやると最大級の呻きがあがった。

寝室の扉に歩み寄った母は拳を固めた。だが軽いノックをしただけで、二度目のノックも落ち着いたものだった。

室内でベッドがきしみ、コール夫人の眠たげな声がした。

「ねえ、邪魔しないでよ」夫人は搾り出すように言った。「パパが帰ってくるまで起こさないでって言ったでしょ」

母の顔にひきつった笑みがひろがった。ノックがつづいた。

「聞いてるの？　何か食べたいなら、お店に行って買って。あたしは自分のことで手一杯なの」

母はノックをつづけた。

「もう、あっちへ行くんだよ」とコール夫人が叫んだ。「映画に行くか。川のほうに行って遊ぶか。いいかげんにしないと承知しないわよ！」

母のノックは執拗になり、コール夫人の警告は不吉さを増していった。ついに夫人は起き出し、どすどす歩いてきていきなり扉を開いた。

すでに述べたとおり、夫人は頭の回転が速い女ではなく、ノックの主はマクシーンとわたしだと思いこんでいた。夫人は母に怒りの形相を向けると、わたしたちに言おうとしていた言葉を口にした。

「いい、わかってるわね。お仕置きだよ。一週間は座れないようにしてやる、もしもし――もし――」

「つづけて」と母は言った。「口がきけなくなったの?」

「だ、だれよ――あんた?」

「この子たちの母親よ」と母は言った。「子どもの面倒をみさせようとして、あなたを雇った男の妻よ。あなたに大金を払って、わたしの家を豚小屋に変えさせた男の妻。わたしはあの男の――わたしは――あなたを殺してやるわ!」母はわめいた。

そして本気でやりそうになった。

いいから子どもたちを見てみなさい、この家を、と大声でなじりながら、母が押さえつけるようにして揺さぶると、家政婦は激しく膝をついた。母は頭の上で丸めた髪がほどけるまで相手の耳を殴りつけた。さらに蹴りはじめた。腹這いになって逃げようとするコール夫人を追いかけて蹴り、隙を見つけては耳を叩いた。やがて、力を使い果たした母はよろけて夫人の上に座りこんだ。

コール夫人は賢明にも横たわったまま、母が彼女の上に乗ってヒステリックに泣いているところに父と医者が登場した。母が病院を脱け出したとき、父は事務所を留守にしていた。母が無許可で外出したと知らされ、あわてて帰宅したのだった。

母はベッドに連れていかれた。医者はコール夫人を診察した。母とはすでに二言、三言交わしていたし、目配りのよく利く人だった。父がいる前でコール夫人に、あなたを警察に突き出さないのは父の怠慢だと言った。夫人のリューマチその他の疾患は詐病で、もっと運動をして飲み物は控えたほうがいいとの診断が出た。

コール夫人はすばやく、素直に出ていった。だが彼女の記憶はしつこく残った。父が家庭の問題に口をはさむようになるのは何カ月も経ってからのことで、それもずいぶん気後れしていた。

9

コール事件から数週間後の土曜日の朝、母とマクシーンとわたしで朝食を食べていると、裏の扉を上品にノックする音がした。マクシーンとわたしで「どうぞ」と叫ぶと、母はわたしたちを制して応対に出た。

静かな声が聞こえてきた。「すみませんが、何かわたしにできる仕事はありませんでしょうか?」母がそれに答えて、「さあ、どうかしら。うちはいま人を雇うほどの余裕はないし」そして重い沈黙のあとを引き取り、「でも、寒いからおはいりにならない?」

女性は四歳くらいの男の子を連れていた。黒人だった。二十五歳前後の女性の目は、飢えてしぼんだその顔のほとんどを占めているような印象があった。氷点下の天候にもかかわらず、継ぎは当たっているが染みひとつないギンガムチェックのドレスの襟元に、ショールを巻いているだけの恰好だった。少年のほうは貧相でも楽しげなやつで、母親よりは暖かそうな服装をしていた。

母はふたりを座らせると、コンロの前で忙しく立ち働いた。これが母の人柄を物語っている。行動することで首尾よく事が運ぶのであれば、母はけっして無駄に言葉を費やさない。わたしたちを追い払うと、母はふたりに大量の朝食をふるまって後片づけをした。そしてクローゼットを掘りかえし、着古してもまだ役に立つ自分とわたしの服を腕いっぱいに抱えた。

「帰るときに、これを着ていってね」母は服を台所に運ぶと言った。「そのままで走りまわったら、ひどい風邪をひくわよ！」

「ええ」と女性は答えた。「では、何かあたしにやらせてくれませんか？」

「気にしないでちょうだい」

「いけません、奥様。働かなくていいなんて法はありません」

「そう、だったらお皿を洗ってもらおうかしら」

ヴァイオラ――それが女性の名前だった――は皿洗いをやった。それから簡単なモップ掛けをと言われて床を拭いた。モップを掛けながら隣りの部屋の入口に水を流し、そうすると当然そっちもモップを掛けることになるわけで――モップを掛けるまえには掃き掃除を、一室を掃くのにほかの部屋を放っておくのは愚かなこと。掃いたら、つぎは家具の埃をはたいて……

ヴァイオラはうちで働くことになった。

息子のことは、賃金のごく一部をわたすと親戚が喜んで預かってくれて、ヴァイオラはわが家に住み込んだ。もしも天使が存在するなら、彼女はまさに天使そのものだったけれど、なにしろ母とわたしにとっては混乱の大本だった。

母は父の気前の良さを埋め合わせるため、吝嗇を通さざるを得なかった。金銭のことにはとことん厳しくなった。買い物であての品の値段を聞けば、そこにケチをつけてかならず値切る。母の姿を見ると、売り子たちが隠れてしまうほどだった。家に来た押し売りや行商人は困惑の体で、毒づきながら去っていったものだ。

そんな母が、ヴァイオラが関わってくるとそんな母ではなくなる。ヴァイオラは自分自身の努力をつねに卑下していた。母は死ぬまで働きそうな彼女を叱りつけ、小言のついでに贈り物や金を無理やり受け取らせた。

母がひどくうろたえたことがある。ヴァイオラとからんだあとの母は、大敵だった肉屋にも親切に接したりしていた。ある晩、シチュー肉に見せかけた骨と軟骨二ポンドをつかまされ、母は取り乱して泣いた。ヴァイオラに向かって、あなたのせいで気が狂いそう、あなたが〝それをやめて〟くれないと、もうどうしていいかわからないと言った。

ヴァイオラは母といっしょに涙を流した。自分の働きがいただくものに見合わないのはわかっています、これからもっと頑張りますからと言った。しかも給金の大半を使わず、わたしたちに金をもどそうとした。

わたしたちは本来北部の家系だが、人生の大部分を南部で暮らしてきただけに——少なくとも、わたしたち子どもは考えが南に染まっていた。ヴァイオラについて、わたしが悩んだ理由はそこにある。

コール夫人にくらべて、ヴァイオラがはるかに優れた人間であることは、わたしにもよくわかっていた。それどころか、彼女はわたしが知っている白人たちより、精神的にも道徳的にもよほど優れていたのだ。でも彼女は黒人で、黒人はまるで信用ならない怠惰な連中というのがみんなの常識だった。最低の白人は最高の黒人より上とされていた。

ヴァイオラが優秀であることを、わたしなりに理解しようとするなら、彼女の一部は白人だと思うしかなかったのだが、本人はそれを認めようとはしなかった。

「いいえ、ちがいます、ジミー様」ヴァイオラは、しつこいわたしに笑ってみせた。「あたしはまるっきり黒人です。全部黒人ですよ」

「だって、どうしてわかるの、ヴァイオラ？　ちがうかもしれないじゃないか」

「わかりますって。あなた様がご自分で白人だとおわかりのようにね」

わたしは納得しなかった。いったん謎が、それもくだらなかったり他愛のない謎が頭に浮かぶと、解けないかぎりはすっきりできない性質《たち》なのである。

それで、ついにわたしはヴァイオラに、彼女の白さについて白状させた。

ジャガイモの皮をむいていて、ヴァイオラがナイフで親指を切った。彼女はわたしに見せようとその指を立てた。

「わかりますか、ジミー様？　そんな白い血なんかじゃないんですよ。全部黒人の血です」

「そうじゃない！」とわたしは叫んだ。「それは白人の血だよ！　ぼくのと同じだもの」

「またご冗談を、ジミー様」

「ちがうって！　ヴァイオラは白人だよ——とにかく、一部分は白人なんだよ。ぼくだって白人の血の色ぐらい知ってるんだからさ！」

「そうなんですか」とヴァイオラは感嘆したような声を出した。「これは驚いた！」

「ぼくはいつでも正しいんだよ」わたしは得意になっていた。

母はヴァイオラのことを、召使いというより友のように思っていた。しかし、これは母がよく口にしていたのだが、彼女は友人を始終そばに置くことを望まなかった。そんなわけで健康を回復し、経済状態も良くなったヴァイオラは別の仕事を求めてわが家を出た。それでも週に一度はもどってきて、一日かけて家をきれいに掃除してくれた。

彼女はこの報酬を取りたがらなかったが、母は金でなければ不要になった服といった具合に、かならず何かを持たせた。新しい雇い主について、ヴァイオラはほとんどなにも語らなかった。聞き出せたのは、とてもいい人たちだけれど、できればわたしたちといたいという言葉だけだった。

結局、秘密を洩らしたのは父である。父はべつに、わたしたちに真実を知らせまいとしていたわけではない。特段変わったことはないと思っていただけだ。

「いま、彼女は知事のところで働いてる」と父は明かした。「私の口添えで屋敷の雑用をやることになったんだが、家族に大層気に入られてね、いまではすべてを取り仕切ってるよ。それで――」

「知事」母はぼんやりと口にした。「ああ、なんてこと！　わたしはあの人を休みの日に来させて、掃いたり拭いたりさせていたわけ――」

つぎにヴァイオラが姿を見せると、母はいままで欺いていたことを責め、これからは客としてもてなすと言い張った。

ヴァイオラは客としてもてなされるのを厭がった。耐えられないのだと言った。母も

頑として譲らないことから、ヴァイオラの足はしだいに遠のいていった。そして交流は
すっかり途絶えた。
淋しくてしかたがなかった。

10

法律家と会計士という二足のわらじを履き、かなりの成功をおさめると、父はもうそこには興味を失っていた。父とはそういう人間だった。他人にはしきりと――わたしにはとくに――ひとつのことに力を注ぎ、そこにこだわりつづけろと助言するくせに、己れのこととなると目標を一にできないのである。

父のそんな気質を知る政界の友人が、合衆国保安官を引き受けないかと勧めてきた。父は辞退した。すると連邦裁判官はどうかと言われた。父はこれも辞退した。

儲かりそうな事業や職の話があれこれ舞いこんできたが、父はいずれも断わった。人生は自分の手で切り拓いていけると豪語していた。それから二、三年あまり、父はそのことを証明しようと躍起になった。

この時期に父が手を染めた事業を網羅することはできないが、そのなかには製材所の運営、ホテル所有、青果栽培、マイナー球団の経営、あるオクラホマの都市のゴミ処理委託、そして七面鳥の飼育などがあった。

どの商売も、どの企ても失敗に終わり、わたしたちに残されたものは、すぐには清算できず、かといってなぜか処分もできない――いいかげんな言葉遣いをすれば――資産だった。要するに、七面鳥の飼育場が終焉を迎えるころ、わたしたちの住まいとその周囲は物であふれかえり、人がはいりこめないような、一度はいったら外に出られないようなことになっていた。

都市区画法や衛生条例など耳にしたことがなく、あるいは施行されていない当時のこと、そうでなければ、わたしたちは間違いなく刑事か養護の施設送りにされていた。実際、母はヒステリーを起こした。父が正気に立ちかえらないのなら、自分がその責任を負うと宣言した。

「ゴ、ゴミ馬車!」母は嘆いた。「表にはゴ、ゴミ馬車――ガレージには、ぅ、馬、ポーチには鋤、そ、それから――」

母の口上はつづき、ひとつ挙げるごとにどんどん興奮が増していった。寝室に孵卵器。居間に竪鋸《たてのこ》盤。台所に葉巻の陳列ケース。浴室にトマトの苗。かえったばかりの七面鳥の雛が何ダースも、家の端から端まで移動して。それに――。

「あの野球選手!」と母はわめいた。「いい、ジム・トンプスン、あなたがあの人をここから追い出す気がないなら――ふたりとも殺してやるから!」

最後に俎上に上がったこの人物は、嚙み煙草好きで弱視の、スリーピングポーチに居ついた涙目の年寄りのことだった。俗に言う、ウッドベースでも牛を引っぱたけない下手くそ。そこは父のこと、彼は第二のタイ・カッブだと強弁していた。

「あの人をここから追い出して!」と母は怒鳴った。「このゴミをここから出して。あの人とゴミを取るか、子どもたちとわたしを取るかよ!」

父が折れたのはむろん脅しに屈したからではなく、母同様、この状況にうんざりしていたからである。当の野球選手には政治関係の閑職を見つけてやり、そのほか動物と物を処分した。まさに厄介払いなのだが——それは父自身、痛いほどわかっていた。だが本人は認めようとはしないだろう。

それから何年も、いや何十年も、わが家を訪ねてくる客は、父のもとに超一流の野球選手(「ベーブ・ルースの再来だ」)や超一流の馬(「マンノウォーと同じ血統でね」)、賞を取った七面鳥数百羽(「卵は一ダース百ドルの値がつく」)がいたと知ることになった。父の話では、トマトや材木やホテルの痰壺(「いいか、正真正銘の古美術品だぞ」)でも、世界市場を独占する寸前だったらしい。母が父に処分させたいわゆる屑は、実は貴重なもので、母の無情かつ無知な干渉により、父はついに莫大な財を成し得なかった。

「もちろん」その独演会を締めくくるにあたり、父は溜息を勇ましくついたものだ。「トンプスン夫人を責める気はみじんもない。あれに耳をかたむけたわたし自身のせいなんだ」

父はむなしく笑うと顔の表情を引き緊める。そして取り乱して言葉に詰まる母を、客たちは唖然としながら、同情と恐怖がないまぜになった目で見つめるのだ。

必要に迫られ、また苛立ちながらも、父は法律と会計の仕事をつづけてきた。だが新たな活躍の場はないかと絶えず目を光らせていて、ついにそれを見つけた、いや見つけたと考えた先が活況に沸いていたオクラホマの油田だった。

何頁かまえに、父はこの事業に手を出し、あまり成功はしなかったと書いた。翻ってみるに、そう述べてしまうと正しくない気がする。充分に成功したにもかかわらず、父の気前の良さと信じやすい性格がわざわいして失敗に至ったのだ。

抜け目ない取引きをいくつかまとめた父は〝友人〟に二万五千ドルを渡し、ある賃貸契約を結ぼうとした。ところがその男は買った自動車販売店を妻の名義にしてしまった。父に取り得る手段はなかった。法律はそうした行為を背任とみなし、簡単にいえば、被害者は自らの責任と受け止めるしかない。

またある折り、父はパイプライン企業の重役の言葉と握手を受け入れ、書面による契約を交わさなかった。その結果、会社側は父が初めて発掘した油井にパイプラインをつなぐのは不適当として、父は黒い金を泣く泣く最寄りの小川に放流した。

この失態から数カ月、いまや嫌悪をもよおすほどの法律および会計仕事に、ふたたび精を出すようになった父はジェイク・ハマンという男に出会った。というか、再会したというべきだろう。なぜなら、オクラホマに来てまもないころから、ふたりは顔見知りだったのだ。かつてリングリングブラザーズ・サーカスの雑役夫だったジェイクは当時、テントや掘立小屋に住む開拓者相手にケチな金貸しをやっていた。労働者の賃金を先払いで買い取り、貧しい借り手に五ドルを渡して、返済日に六ドル受け取るのである。

のちに父と相まみえたジェイクは、やはり融資の商売をつづけていたが、そのレベルはすこしちがっていた。オクラホマに銀行をいくつも持っていた。また鉄道、油井、製油所、オフィスビルも——あまた所有して、〝南西部のジョン・D・ロックフェラー〟の異名をとっていた。

ジェイクは父に、傘下の銀行の会計検査とより効果的な会計制度の導入を依頼した。ほかにやることがなかった父はよろこんで引き受けた。

「きみから金を取るつもりはないからね」と父は気安く言った。「経費だけでいい」

「なぜだ?」とジェイクが言下に訊ねた。

「それは」――父はたじろいだ。彼の寛大な提案が、こんなふうに受け取られることはふつうなかった。「それは、われわれは古い友人どうしだし――」

ジェイクは伝法な言葉遣いでさえぎった。「なんだ、おれたちが友だちどうしだと?おまえとはずっと会ってなかったし、おまえがそんな大物ぶるつもりなら、もう二度と会わんぞ。友だち、ふざけるな! おまえの友だちの話はもういい。友だちの戯言は忘れろ。この仕事の値段を付けるか、さもなきゃおれの事務所から出ていけ!」

気分を害した父は値段を言った。法外な金額だった。するとジェイクはうれしそうに高笑いした。

「いいな?」彼はにんまりした。「おまえに必要なのは、おれみたいにおまえを見張っておける食えない男だよ。おれのそばにいろ、ジム、そうすりゃダイアモンドが手にはいる」

こうして父はジェイクの下で働くことになり、人生で初めて大きな金を手にした。男ふたりの間柄は、当初は使用者と使用人の関係だった。それがやがて、父はさまざまな取引きでジェイクのアドバイザーを務め、利益の一パーセントを取りだした。しまいにふたりは取引き——たいがい石油関係——のパートナーとして、ジェイクが巨額の金を調達し、父が必要な交渉を担当した。父は競売や投げ売りの場の常連になった。そんな取引きは即金でおこなわれることが多い。あるときなど、父のブリーフケースにはジェイクの百万ドルがうなっていた。

父はジェイクと組んで大金を稼ぎだし、〝南西部のロックフェラー〟本人もこの提携によって巨額の利益に浴した。ジェイクは父を見守り、同時に父もジェイクを見守ることで、ジェイク自身が心ならずも認めていた、これまで何百万と無駄にし、渉外担当を悩ませてきたその喧嘩腰や皮肉な態度を抑えこんでいたのだ。

不幸なことに、人は実害が出ようが、己れの欠点を認めようとはしないものである。ふたりの関係が近しく親密なものになっていくにつれ、ふたりはおたがいの欠点をより強く意識しだした。相手のやることに、なにひとつ納得しなくなった。父は〝軟弱〟、ジェイクは〝無教養で粗野〟。ジェイクは〝ずぼら〟で、父は〝上品ぶった野郎〟といった具合に。

父はジェイクのことを本音で好きだったし、ジェイクもそうで、どちらもその好意を具体的な形で表現してみせていただけに、まさかふたりに岐路が訪れようとは思いも寄らなかった。

決別について、父は長く語ろうとしなかった。ようやく口を開いた父の説明には腰が抜けそうになった。ふたりの〝開戦理由〟とは下着のことだったのである。

それが――決別が――現実となったのは、オクラホマの新興都市にあったうだるように暑いホテルの一室だった。ふたりは商談をまとめるべくホテルに滞在していたのだが、そこへジェイクの女がやってきた。ジェイクは廊下をへだてた向かいに部屋を取り、夜を女とすごした。昼は父の部屋で仕事の相談をした。

暑かったという話はした。ジェイクは下着のほかはめったに身に着けなかった。で、ある朝、せわしなく部屋を歩きまわっていたジェイクが、ひどいしかめっ面をした父を見とがめた。

「どうかしたか?」ジェイクがどら声で質した。

「同じ質問をしようと思ってた」と父は切り返した。

「なんだと? だいたい、何をじろじろ見てやがる?」

「訊かれたから答えるが」父は冷ややかに言った。「おまえの下着を見てた。最後に着換えたのはいつだ?」

「なんだと――」ジェイクは顔を紅潮させた。「このチンケな帳簿係が、いいか――!」

彼は罵詈雑言をほとばしらせた。

父も同じように返した。

その滑稽さを認めて矛をおさめる暇もなく、おたがいに許せない――とにかく忘れられない――言葉を投げつけあい、ふたりの協力関係は終わった。

以後にふたりは顔を合わせたが、気まずい雰囲気がただよった。父のほうには、ジェイクがいまだ根に持っていると疑う――あるいはそう感じるだけの理由があった。

次いで父はジェイク、ギャストン・B・ミーンズ、ウォレン・G・ハーディングとのポーカーでほぼ一万ドル負けた。

このゲームはハーディングの大統領選遊説用の列車内において、南西部で著名な共和党員だった父とジェイクのふたりが招待を受けておこなわれた。比較的少額ではじまった序盤は、ジェイクが冷やかされながらも着実に勝ちをふやしていった。そして、手元の現金がすべてポットに出されるとミーンズが降り、勝負はジェイク、ハーディング、父の間で争われることになった。言い換えれば、意地っ張りでプライドの高かった父は、テーブルステークスでこの勝負は無効だと要求できなかった。

ジェイクは小切手にいくらでも書き込むことができる。また未来の大統領の借用証書なら、金額にかかわらず信用に足るものだ。制限があったのは父のベットだけだった。

父はクラブのフラッシュだった手を伏せた。すると、前回の勝負では最初のベットすら億劫そうだったジェイクが、すかさずカードをさらした――なんの役もなかった。ハーディングが3のスリーカードでポットを手に入れた。

父は筋違いであったにしても、相当怒っていた。彼がジェイクと再会したのは二年ほどのち、ジェイクの死の床に呼ばれたときのことである。ふたりは過去を水に流し、おたがいに人生最大のあやまちはこの関係を断ったことだとしみじみ語り合った。

オクラホマはふたりには狭いと感じた父は、活動をテキサスに移した。そして石油の出ない油井を、一本につき二十万ドルあまりかけてつづけざまに四本掘った。

友人からの諫言も助言もなくなったジェイクは人嫌いの度が増していき、最後は愛人に銃で撃たれ、その傷がもとで死んだ。

11

一家がテキサス州フォートワースへ引っ越したのは一九一九年秋、わたしが十三歳の誕生日を迎える直前のことだった。街は戦後の富という高波に乗っていた。新築の建物は何カ月も需要から遅れて、買える家という家には購入者が殺到した。そんなことで数週間、わたしたちはホテルのスイート暮らしを余儀なくされた。このころは、波乱に富むわたしの人生においてもとりわけ不遇な時期だった。

記憶にあるなかで初めて、わたしは来る日も来る日も父の目にさらされた。それまではわたしにたいし、発作的にしか興味をしめしてこなかった父が、その埋め合わせをはじめたのである。おまえは金持ちの息子だ、いつか莫大な財産を相続するんだぞ、と父は言った。それにふさわしい、謹厳実直で思慮深い管理者にならねばならない。まるで自分だけ楽しむために生まれてきたような態度の、行儀悪い無責任な浪費家に堕してはいけない。

わたしの操行に問題がないことなど、父にとってはちっぽけな話で目にはいらず、批評の対象にならなかった。容姿に欠点がないことなど小さすぎた。起床して床につくまで、わたしは服の着方から歩き方、しゃべり方、立ち方、食べ方、座り方からもう際限なく、一挙手一投足に批判を浴びせられた――それも「おまえのためだから」という、何より頭がおかしくなりそうなお題目とともに。

ホテルのガレージには、家の車を二台置いていた。父はそこへ連れていったわたしを、従業員として扱ってくれと整備主任に預けた。つぎの一週間、わたしは家の自動車の修理を手伝った。というか、整備工の手を借りながら自分で修理した。怒ったりふてくされたりでその話題を出すこともなく、何事も経験という、父の口当たりの良い発言に反発もしなかった。ちなみに、この作業では多くのことを教えられた――すなわち車の修理は、糊口をしのぐにはろくでもない方便なのだ。以後、よほどの場合を除いて、わたしがタイヤ交換をやることはなかった。

これまでは父が家族のことで極端に走ろうとすれば、いつでも母が防波堤代わりになってくれたものだが、このときの母の反応は鈍かった。いま思うと、べつに不可解なことでもない。ジェイク・ハマンと組んでいたころの父は――変に才気走ることなく――冷静に行動していたから、母としては当然、わたしに向けられていた夫の深い関心も、そうした冷静な行動の一環と考えたのだ。あまつさえ、誰が何と言おうと百万ドルを稼ぐ男の判断に反駁するのはむずかしい。

わたしが反駁せざるを得なくなったのは、というか騒ぎを起こしたのは、父に連れられて通学服を買いにいったときのこと、この服というのが青いサージのニッカーボッカーのスーツで、ベルベットの襟に真珠のボタンが付いていた。わたしは長年、冒瀆とは無縁でやってきた――罵りの言葉が、たまの〝ちぇっ〟と〝まったく〟で精一杯だった父の前ではなおさらだった。とはいえ、現在は解き放たれているが。わたしが高級紳士服店から引きずりだされたのは、燕尾服を着た店員たちが、マニキュアをした指で真っ赤になった耳をふさぎながら逃げまどったからである。

ホテルに連れもどされたわたしは部屋に閉じこめられた。さらに罰として、油田への家族旅行には同行させず、フォートワースに残って爺の保護下に置かれると通告された。わたしからは家族にたいして――声をかぎりに――地獄へ落ちろと通告した。

爺は、わたしたちの間を取り持つというふれこみでフォートワースにやってきたのだが、あれは間違いなく婆の許から逃げだすのが目的だった。父との諍いのなか、わたしが求めていた援助の手を差し伸べてくれるでもなく、わたしは心底うんざりした。孤児だった爺は、父みたいに賢い人間が面倒をみてくれて、おまえはほんとに運がいいと言った。世間の笑いものになるのはみんなの権利で、いずれおまえの順番が回ってくるぞ。

わたしは爺が厭になった。ひどく裏切られた気がしていた。だから翌朝、家族が出発したあと部屋にはいってきた爺に向かって、出ていけと言った。

「吸いな」爺はそう言うと、長さ一フィートのピッツバーグの葉巻をよこした。「おまえにささやかなお祝いを用意した」

お祝いというか、その一部が爺のすぐ後ろに控えた。白い上着のウェイターが熱湯を入れたピッチャーにレモンと砂糖のボウルを運んできた。爺は腰から密造のコーンウィスキーのボトルを抜き出すと、とびきりのホットトディを二杯つくった。

「昔がなつかしいか?」爺は獰猛ななかにもおどけた感じがある、その老いた目をわたしに向けてきた。「便所のそばに腰をおろした、あの晩のことを憶えてるか——なんだ、鼻水なんかすすってどうした?」

「いや——べ、べつに」わたしは嗚咽を押しもどして言った。

「だったら火をつけな。飲み干せ。仔牛みたいに初心《うぶ》な真似はやめろ。いいウィスキーを飲みながら泣くようなのは、金輪際見たくないんでな」

わたしは火をつけ、飲んだ。絡みあうトディの湯気と葉巻の紫煙を透して、朝の陽光が爺の禿げ頭を照らした。後光が差したように見えた。

「いいか、ジミー」爺はさりげなくボトルから酒を注いだ。「おれたちにはそれぞれやり方があって、そいつをやってくだけさ。他人様のやり方なんて真似できやしない。こっちでやり方を押しつけてもだめだ。よけい依怙地になっちまって、敵にまわすのがオチさ」

わたしはうなずいてみせたけれど、およそ爺の説には同意できなかった。爺はさらにつづけて、他人には他人のやり方があるが、おれがおまえを預かったからには、おれのやり方を貫くのがしごくもっともだと言った。

「言い換えりゃな、おまえが、親父が買ってくれたその服装《なり》でおれとつるむだなんて思う連中は、これまたどうかしてるのさ」

爺は新しい葉巻をよこし、トディのお代わりを勧めてきた。部屋を出ていったかと思うと、〝制服〟を手に——つば広の黒い帽子にサイドゴアブーツまでそろえてもどってきた。足りないといえば杖ぐらいで、爺はもし杖なしで無防備な気がするなら買ってやると言った。

わたしは葉巻を口の隅にくわえたまま、よろこんでその服を着た。帽子とブーツは紙を詰めてサイズを合わせた。爺の背丈はわたしの五フィートにたいして六フィート、体重はわたしの百十ポンドにたいして二百ポンドあり、スーツは若干大きかった。だが問題は容易に、少なくとも自己満足できる程度には解決した。ズボンの裾を数インチ折りかえし、コートの袖も同じようにした。あとは数カ所ピン留めして作業終了。

実を言うと、ズボンの尻の部分が膝付近にまとわりついていたが、コートの裾が膝下まであった。爺の表現を借りれば、これぞ持ちつ持たれつということなのだ。立派なもんだ、と爺のお墨付きも得たし、そこに茶々を入れるのはよほどの大馬鹿しかいない。わたしたちは新品の葉巻で武装すると表に繰り出した。

フォートワースに長く住んで、大馬鹿者の存在をやけに鬱陶しく感じることも多かった。しかし西部の街で、奇抜な服装をしても他の場所ほどは注目されない。だから驚きの目を向けられることは多々あっても、大馬鹿者にしろ誰にしろ、わたしのことをとやかく言う人間はいなかった。

爺とわたしはステーキに卵にホットケーキの朝食をたらふく食べ、爺は折をみて一度だけわたしのことを批評した。それはわたしがナイフの縁で食べ物を口にはこんだ際のこと、鋭利なほうは危険なので反対側を使うように言った。

朝食後はビリヤード場へ行き、ノーコールの勝負をして爺が五勝、わたしが二勝だった。ホテルに帰ると数杯飲ってから昼食をすませ、遊戯場へ出かけた。

酒壜を持参していた爺は、〈パリの可愛い子ちゃんとの夜〉が思うにまかせないと荒れた。機械を杖で叩いた。遊戯場の経営者まで叩きかねない勢いだったが、さすがの紳士は口答えもせず、それどころか爺に硬貨を返して歩道に連れ出した。そして道の向かいにあるバーレスク劇場を指さした。

「本物がいるのに、絵なんか見ることないでしょう?」

「まあな」爺はすっかり落ち着いていた。「なんだか面白そうじゃねえか」

当時、フォートワースにはバーレスク劇場がやたらにあって、最前列、別名〝禿頭席〟を手に入れることができた。途中で短く交互に三度抜けたほかは、小屋が閉まる深夜十二時までねばった。

この抜けたというのは? つまり、まずはわたしが爺の真似をして、傾斜舞台に立つ娘たちを引っかけようと杖を買いに出た。つぎに爺がウィスキーを補充しにいった。

その後、わたしがコーヒーとサンドウィッチのカートンを買いにいった。

すっかり満足の一日だった。爺は案内係に酒壜を一本渡し、舞台裏にも一本届けた。あの場所では、爺とわたしのやることは決まっていた。娘たちがほぼ裸になるまで衣裳を引きはがしていく。爺は舞台に上がって楽屋まで娘たちを追いまわした。それでも娘たちはげらげら笑ったり楽しそうに悲鳴をあげたりで、たまに覆いかぶさるようにして爺の頭にキスを浴びせることもあった。

つづく三日間、その最後の日に家族が帰ってきたのだが、毎日がほぼ初日の焼き直しだった。朝のホットトディ、ビリヤード、そしてバーレスク劇場という順で、酒と食事はその合間を狙って摂取した。爺からはたくさん話を聞いたし、例の不意をつく遠回しの助言もたくさんもらった。

爺の言葉はわたしの耳にさして残らなかったのかもしれない。だが彼の金言の一部分は、少なくとも一時は刷りこまれていた。もはや服のことで文句は言わなかったし、爺の批判は甘んじて受け容れた。しばらくのあいだ、わたしは従順だった。

やがてわが家族が家をかまえると、爺はネブラスカへ帰っていき、わたしは学校へ通うようになった。

テキサスの学校は、他州の十二年制にくらべて十一年生までしかなかった。つまりオクラホマで八年生だったわたしは、テキサスでは制度上ハイスクールの一年生になった。とにかく褒められることに飢えていて、父の前でいいところを見せたい一心で、わたしはその制度を利用した。

現代では十二歳が——わたしも十二だったが——ハイスクールに入学するのは珍しいことでもなんでもない。でも当時は珍しかった。もっと切実だったのは、わたしの場合、その資格がまるでなかったことだ。

むさぼるように本を読み漁っていたわたしは、年齢のわりにずいぶんませていて、父に叩きこまれた未消化の知識をうわべだけ身に着けていた。だが、融通の利かないハイスクールのカリキュラムにたいし、わたしの準備といったら悲しいものだった。住む場所を転々としたせいで、小学校は通うには通ったが欠席も多かった。そしてそこにまる一年の空白である。わたしは立方根に平方根にハイスクールの科目の基礎となる事柄をなにも知らなかった。

受けた初等教育がお粗末だったにせよ、身を入れてやれば上の学年でもどうにかなったかもしれないと思う。わたしは昔から、好きなことならどうにかやり遂げようとしてきた。が、一方で、これはもうはっきり後悔しているが、気に入らないことには手を付けない。押しつけられたり無理強いされたり、関係する人間が厭だったりすると、もうとたんにどうでもよくなる。

この最後の点を先に申せば、テキサス人が厭だ――厭だとすぐに確信した。連中の癖や習慣を目のあたりにするうち、わたしのなかで、連中はいつしかモンゴロイドの怪物になった。悪い部分ばかりが見えて、それを補ういい部分はなかった。

テキサス人は自分たちの島国根性を自慢した。州外に出たことがないだとか、家にある本は聖書だけだとか、そんなことを吹聴してみせた。父がわたしに向かって口を酸っぱくして言った人格向上の努力など、テキサス人には不要だった。テキサス人は完璧な人格をもって生まれ、その持ち主がテキサスの至高の水を飲み、テキサスのすばらしい空気を吸い、テキサスの聖なる土壌を踏むなかで完全無欠の存在になるというのだ。

どうやらテキサスは南軍のごく一部を除いた全軍を組織し、シャーマンの部隊を徹底的に叩き、グラントの軍勢を悶死させたらしい。独力――ほぼ独力、ということ――で、ごろつきの北を打ち負かした。その後は気前よく、しかし本質的には意味不明の行動に出て敗北を認め、すさまじい殺戮に終止符を打って北軍を生き延びさせた。

テキサス男がことごとく全能で無敵で非の打ちどころがないように、テキサス女は全員がとびきりの美人でこのうえなく純潔だった。その逆をほのめかそう者には災いあれ。（わたしなりの）広い心で、テキサス女はウバンギよりも若干親しみがあると認めてやってもいいが、譲れないところもある。殊にわたしとしては、妻であり母であることと純潔の間に横たわる歴史的矛盾を指摘したい。紛い物の無垢というか、テキサス特有の奇妙きてれつな状況については、わたしも説明を求めてきた。異端であるわたしの疑問に、通常はこの段階で鼻にパンチを一発という返礼が来たが、そこをかわすと質問はテキサスの恋人たち、ご婦人方の至聖の領域へと踏み入っていく。

そうなると、パンチの相場は一発から十発に上がる。

わたしにはテキサス人が敏感になったり、宗教と結びつけようとする部分はすべて嘲りの対象だった。それでテキサス人がたじろぐなら、やり方に卑劣もなにもなかった。思いだすのは——記憶をたぐるのはひと苦労なのだが——ハイスクールの陸上部に入部を届け出たときのコーチの感激ぶりである。ついにわたしが心を開いたかと二心なく歓喜していた。トラックを飽くことなく半マイル、一マイル、一マイル半、二マイルと疾走してみせるわたしを見て、涙を流さんばかりにしていたのを憶えている。コーチは、手足が長く細身だったわたしのことを天性の二マイルランナーだと断言した。自分が出会った最高の二マイルランナーと持ちあげ、熱く抱きしめてきた。これで二マイルはいただきだ。あとはきみのような子が何人かいれば！

コーチにしてみれば、わたしみたいな生徒がほかにいなくてよかったのだ。というのも、校内でおこなわれる二マイル競走で代表に選ばれたわたしは走らなかったからだ。

わたしは観覧席前を軽く流すと、競技場の真ん中に腰をおろして煙草をつけた。

思うに、わたしが私刑《リンチ》にされなかったのは、たんに未熟だったせいだろうか。

ボーイスカウトのリーダーに影響を受けていたころは屈辱の底まで沈んでおらず、堕落はしばらくおさまっていた。それがなんの前触れもなく冷たくあしらわれるようになって、わたしは他人を片っ端から不幸に引きずりこむ人生を再開した。

何年も後、人生初の宿酔から脱け出そうとしているときに、父はわたしのトラブルの原因を突きとめようとした。

「まったく理解できない」と父は文句を言った。「どういうきっかけだったのか。おまえはいつでも利発で人に好かれる、前向きな若者だった。分別もあるし適応力もある」

「ぼくが?」わたしはかすれた声で笑った。「どうかな」

「そりゃそうに決まってる! なにしろスカウトの隊長が、おまえの話をしにわざわざ私の事務所を訪ねてきたんだ。部隊でいちばんの子だと言ってたぞ」

「まさか」とわたしは言った。「あいつはぼくを手なづけようとして、こっちをその気にさせたら、それからは楽しい言葉のひとつもかけてこなかったんだ」

「しかし、なぜそんなことをするのか」父は本気で悩んでいた。「たしかに、褒めるのは子どもにとって非常によくないことだし、おまえがうぬぼれないことを願ってるとは話した。それにしても――」

なんと。

わたしは学校でもっとも人気がない生徒だった。それに言うまでもなく、出来の悪さでも一番の生徒だった。ギボン、ウェルズ、ヘロドトスといった一流歴史家の本は全部読んでいたが、テキサス史の科目は合格しなかった――というか、合格する気がなかった。全十二巻の植物百科事典を読破していても、植物学は落第した。イバニェスの『われらの海』も、アラルコンの短めの戯曲も何篇か原典で読んだのに、スペイン語も落第した。パルプ雑誌に埋め草用の文章を、〈ジャッジ〉などの諷刺雑誌には短い滑稽文を書いて売ったりしていたのに、英語を落とした。まるでだめだったのが代数と幾何、わたしにはこの二科目はまったくの無意味であり、取るに足りない以下だった――と言えば、この思いを理解いただけるだろうか。

気分がましなときに、わたしのほうから数学の教師に取引きを持ちかけたことがある。先生の選んだ科目が、こちらが言うほどくだらなくないと証明してくれたら勉強すると言った。彼女はそれに乗るどころか、激しい憤りに駆られたらしい。この善き女性はわたしに、これまで生徒に出されたなかで間違いなく最低の点数を付けた——つまり0点ではなく、0点より下だった。

わたしは十二歳でハイスクールの一年生になった。それからほぼ六年、わたしはハイスクールの一年のままだった。最年少から最年長へ、ひげも生えない少年から大人（若造）へと成長していた。学校を初めて訪れる人には教員と勘違いされた。

反抗する、勉強を拒否する、授業をサボる、無断欠席などが理由で何度となく謹慎や停学を食らい、わたしはもう投げやりになっていた。学校側にしてもそうだった。謹慎に停学、停学に謹慎が積み重なり、悩める記録係はわたしが正しく出席しているのか、勝手に欠席したのかの区別もつかなくなった。しまいには、わたしの立場をめぐる不当な闘いに音を上げる寸前、その彼女がひとりの教師にこう訴えるのを小耳にはさんだ。

「……お願いですから、彼が復学するまで停学にしないで、先月分の停学させるのには復学させて、だから——ああもうっ——き、気がく、くるいそう！」

ときには学期の大半を、もぐりこんだ上のクラスですごしたこともある。しかし成績はいかんともしがたく、一年生の組にもどされた。ある学期には心を入れ換えようと、自分の聴力が心配になるほど授業をたくさん受け、上級クラスに上がった。やることをやれば結果がついてくるものだと、わたしは教師に礼儀正しく接し、かつてないほど勉強に励んだ。すると成績はぐんぐん上昇した。学期末が近づくころには試験が免除される成績優秀な選抜グループにいた。

そして成績が発表される段になると、教師たちは懐疑の目を向けてきた。その学期以前に関わりがなかった彼らとしては、わたしが無作法と馬鹿の歴代新記録を樹立したジェイムズ・トンプスン本人とは信じられなかったのだ。残念ながら、むこうには難儀で短気なジェイムズと同一人物であるという揺るぎない証拠があった。つまり、必修科目が足りなかったため、わたしのその学期における輝かしい成果は徒労に終わった。単位は取れなかったのである。

わたしは振り出しにもどされ、相変わらずの一年生だった。

くやしさ、虚しさはあったけれど、やってきたことがまったくの無駄とは感じなかった。というのも、自分は周囲に思われるとおりの間抜けではないかと、くよくよ悩むことがなくなった。それに、自分が抱える問題の核心をいやおうなく直視させられた。

どう考えても、ただ勉強していい子にしているだけではハイスクールを出られない。頃合いよく、などというのはあり得ない。一所懸命に勉強して行儀よくしたところで、これまで通った約六年にくわえてあと四年はかかるだろう。成績からしてそうなる。で、問題はわたしではなく、成績であることに気づいた。

成績をどうにかしなくてはならない。

このころとそれ以前の一時期、わたしは大きなホテルで夜勤のベルボーイとして働いていた。当時の交友関係は、現在のわたしの高邁ぶった立場からすると思うだに身顫いが出るほどだ。わたし自身は堅物で、〝まっとう〟で〝まともな坊や〟で通っていた。さっそくある泥棒に接触したわたしは目下の問題を説明し、料金を払うからと助けを求めた。

「どうかな、坊や」泥棒は曖昧に頭を掻きながら言った。「おまえの力にはなってやりたいけど——でも、ちょっとな」

「でも簡単だよ」とわたしは言った。「金庫にはいってるわけじゃないから。二枚のドアの錠前を破るだけでいいんだ。あとはおれの成績カードを捨てて白紙のものに書きこむ。書く中身は教えるし——」

「その手のことには、おれはさっぱりだからな、坊や。しくじるに決まってる」

「じゃあ、なにもしなくていいから。おれの成績カードを抜いて、白紙のを一枚持ってきてくれれば――」

「いいや。あそこには一度はいってうんざりしてる。もう行きたくないね。だいたい、あのカードが見つからなかったら、連中は血相を変えておまえに詰め寄ってくるぞ」

「そうしたら」――わたしはためらった――「こういうのはどうだろう？　誰か人を連れて――」

「いいか、坊や！」泥棒は片手を上げた。「そいつはだめだ。字のうまいやつはほかのことはやらねえ。愛のためだろうが金のためだろうが、盗みには手を出さねえ。こいつをやるならひとつだけ方法がある。成績をまとめてる連中のとこへ行きな。係の女を抱きこむのさ」

「乗ってくるわけないよ」わたしは陰気に言った。「あの女の性格はわかってる！」

「まあな」泥棒は肩をすくめた。「そこはおまえの腕の見せどころさ。内側から手をまわさないかぎり、うまくはいかねえぞ」

わたしはやるせない気分でその場を後にした。泥棒の吐く正論になおさら落ちこんでいた。新しいカードに、ほかと似ても似つかぬ筆跡で成績が書きこまれていれば、それは罪を告白しているも同然だろう。買収できたとしても、犯罪はかならず露見する。

学校がつづくかぎり記録を見ることはできるわけだし、なかにはわたしの成績を諳んじている教師もいる。

問題はひとつならず、ふたつあった。内側から手をまわすこと、そして作業を学期終わりにおこなうこと。そうすれば次回カードが人目にふれるころには、わたしは安全な場所まで離れていられるし、学校側の意識の内でわたしの悪事の印象も薄れ、いくら物憶えのいい詮索好きでもその推理を裏づけることは不可能になるはずだ。

これは満たしきれそうにない難しい注文だった。それでもやらなければ、わたしは世界でひとりきりの老生徒になってしまう。

だからやった。その顚末はもうすこし後に述べることにする。

その間に話をもどして、体裁の悪さもほどほどに出来事の順序を正しく追ってみようと思う。

13

父の運は、テキサスに足を踏み入れたその日から下り坂だったといえる。わたしが相続するはずの財産は、年にほぼ四十万ドルの割合で減っていった。わたしは自然、みすみす金を失って、好きなソーダも買えなくなるなんてあんまりだと思っていたが、この本題からはずれて余計に気になることがあった。それについては父と話し合ったのだが、つまりは以下のようなことである。

まず初めに、自分のことでここまで徹底的に下手を打った男が、わたしの指導者としてふさわしいか？（ふさわしいとは思えなかった）

つぎに、その男は週に数千ドルの割合で金をなくしているのに、わたしがアルバイトで汗水たらし、雀の涙ほどの金を手にする意味はあるのか？（あるとは思えなかった）

最後に、守るべき財がないのだとすれば、わたしがいま受けているスパルタ式の訓練はばかばかしいにもほどがあるのでは？（ばかばかしいと思っていた）

厭味や冗談を言ったつもりはないのに、父にそんなふうに思われて腹が立ったし、当惑もした。気障や不良を気取るなら、ずっとうまくやってみせるさと反論した（「誰かに訊いてみたら、父さん」)。ところが、父はめったに見せない怒りをあらわにした。「おい」呼ばわりからはじまって、もう二度と拾えない人生の落ち穂を指のあいだからこぼしていく、もはや若くない人間にとって、おまえはろくな慰めにならないと言った。おれはおまえの年ごろにはこれこれこういうことまでやったのに、おまえときたら厄介事に首を突っ込み、目上の人間には生意気な口をきいてばかりだ。まったく無責任で手に負えないおまえを治す薬は仕事、仕事に尽きる。これまでおまえのことは大目に見てきたが、もう暢気な時代は終わりだ。

わたしに課せられたのは毎晩、夕食から就寝時間まで勉強することだった。またソーダ売りのバイトを辞めたので、週末に〝ふさわしい〟仕事を探すことになった。

この初めての習慣はべつに苦にもならなかった。近所でもどこでも人気があったわけではないし、夜は健康のこともあって家に閉じこもりがちだった。当然、勉強はしなかったが、そのことを明かすのが難しかった。わたしはいつも何かを書いていた。目の前にはいつでも半ダースもの本がひろげられていた。どれも授業とはまったく関係なかったが、そこに真っ先に嘴を容れてくるのが父だった。『君主論』は父の考えでは名著であり、公民の勉強に欠かせない参考書だった。またショーペンハウアーと社会学、マルサスと数学、リクルゴスと商法は切っても切れない関係にあった。つまり、父の〝勉学〟の要求に合わせるのは簡単だった。だがアルバイト探しはやはりそうもいかなかった。あのころはそんな働き口を見つけるのが大変で、あっても金はほんのすこししか出ない。芝刈りで五ドルという誘いに鼻も引っかけない現代の若者には理解しがたい話だろうが、わたしがやっていたソーダ売りの仕事など、週に約三十時間働いて五ドルの給料しかもらえなかった。

父は、求める者にはかならずや仕事があるという格言を堅く信じていて、わたしがあたえられた期間内にバイトを見つけられないでいると、自分から仕事を持ってきた。梯子に刷毛にペンキを買って、わたしに家の塗装をやらせたのだ。

まあ、実用的な仕事に興味を見せないからといって、わたしが無益な仕事が好きだと話がつづくわけではない。それにこの作業は無益以下だった。家は建って数カ月にしかならない。わたしのほうがよほど塗装が必要だ。憤懣やるかたなく、わたしは一日に数インチずつ、同じ場所に何度もペンキを塗り重ねていった。となると、その出来ばえはチェッカーボードさながらで、本職の塗装屋が全体をやりなおす始末だった。

わたしたち一家が住んだのは、市に編入されていないフォートワース郊外である。

近隣の住人たち——精肉業者に鉄鋼王、また別人の石油成金——と同様、周囲の土地も買って、敷地は延べ一エーカーもあっただろうか。父は余った土地に納屋を建てさせ、純粋種のジャージー牛二頭を入れた。そしてわたしだが、酪農をやれと勧められた。

市境から外に出たわが界隈には恃みとする法律がなかった。倹約家の母は、無料の牛乳が家計の助けになるという思いに気を取りなおし、父のことを救いようのない変人とほのめかす程度で矛を納めた。わたしはもちろん激しく、口汚く執拗に抗議した。父についていて何かしら知った方なら、わたしの抗議が実を結ばなかったことはおわかりだろう。牝牛はすべてわたしが面倒をみることになった。父いわく「自由裁量」である。家族は牛乳を無料で受け取り、残りはわたしが「いとも簡単に」築くはずだったルートで戸別配達をする。牛の世話と餌やりで使ったあとに余る金は好きにしていいということだった。

「おまえにとってはすばらしい機会だぞ」と父は言った。「よくよく感謝することだ」

わたしは〝船《シップ》〟に似た音の言葉を口にした。

この仕事には興味をもつどころか、儲けがまったく出なかった。ジャージーは丈夫が取り柄の種ではなく、獣医に往診に来てもらうたび、牛乳を売った一週間分の上がりが消えてしまう。しかも、最初はけっこうたくさんいた客も長続きはしなかった。「大味も大味、三倍大味のジャージー汁」に指がふれるくらいなら、タマネギと炒められたほうがましと言いふらしていた牛乳配達のせいで、みんなおぞけをふるったらしい。

わたしは夏まで酪農に耐えた。そして日中は牛から目を離してはいけない——綱につないで空き地を移動させろ——と言われていたのに、わたしは鉄道操車場へ行き、北に向かう貨物列車に乗った。

捕まって引きもどされたのは、カンザスまで来たあたりだった。

数日待って、今度は南行きの貨物に乗った。

ヒューストンから連れもどされた。

父は牛を売った。

むろん、とても悪いことをした気分になった。が、わたしのせいで多額の出費と苦労を強いられた家族にたいし、こちらからは横柄かつ怠惰に接するばかりだった。

そんな態度に自分で戸惑っていたし、それはいまも変わらない。いまのほうが、あのころより戸惑いが強いのだ。

わたしには子どもが三人いて、ひとりは十五歳の少年である。彼らのことはそこそこいい子たちだと思っているが、正直なところを申せば、ベッドをととのえたり皿を洗ったり床を掃いたりするのに、激しい反抗に出なかった子はいなかった。しかも、彼らは普段から母親やわたしをつかまえて「狂ってる」とか「頭がおかしい」と言い、何かにつけ「息を止めろ」だの「呼吸するな」だの、さもなくば、この惨めな境遇を終わらせろだのと突っかかってくる。

つまり、この子たちが幼かったころには同居する年寄りがいた。その男は子どもたちに身の回りのことを一切させず、親のわたしたちのことを蔑むように咎め立てして、それとなく〝児童奴隷〟の話を持ち出す。子どもたちがどんなに悪いことをしようと、わたしたちには叱らせまいとする。態度が悪ければ褒美は出ない、家事をやったら小遣いを出すべしという規則を徹底させようとした。子どもは自然と甘やかされていった。

その男とは何者か？　傲慢なわが子たちを増長させ、子どもは子ども、ひたすら褒めてやれという彼一流の金言を鵜呑みにしないわたしたちを罵倒しつづけた男とは？

何者なのか？

父だった。

14

わたしたちはその夏の大半を、ウィスコンシン州ウォーキシャにある流行のスパですごした。家族はのんびり温泉地を楽しみ、わたしは配管工手伝いの仕事を見つけた。深く考えもしなかった。

わたしが付いた配管工のジャックは、これがまたひどい怠け者で、仕事にまったくやる気を見せない男だった。「仕事なんてほっぽって寝てりゃいい」とうそぶいたりする。仕事の話はほとんどしないし、その言葉の響きさえ憎んでいるようでもあった。あえて話題にするときには、浮かない声で遠回しに〝人殺し〟と呼んだ。

わたしにはジャックがとびぬけて賢く聡明な男に思えて、それなりの敬意をもって接した。その熱心な指導により、わたしは無為にすごすことにかけて彼の域に近づくことができた。

トイレの防臭弁の漏れを修理して一日をつぶした翌朝、配管工の親方がかなりの剣幕で食ってかかってきた。

いままでずっと堪えてきたが、ジャックが態度を改めないなら「こっちにも考えがある」

と親方は言った。

ジャックはぼんやりと相手を見つめかえした。やがて内ポケットに手帳を探ると、そこから新聞の切り抜きの束を引き出した。

「こいつを読んでくれ」とジャックは命令調で言った。

親方はやむを得ず目を通していった。それは仕事中に死んだ人間の死亡記事を集めたものだった。

「あんたの狙いはこいつだ」ジャックは切り抜き一枚一枚の結論を指して迫った。

「おれを殺す気なんだろ?」

その質問にたいし、納得のいく答えはどう考えてもひとつしかなく、親方はそれを何度もくりかえした。ジャックはというと、長さ三十六インチのパイプレンチを大きな手で撫でさすりながら睨みつけるので、さすがに親方もこの尋問の先行きに不安をおぼえはじめた。おまえたちに何かあったら、こっちもやりきれないと口走った。おたがい身体に気をつけて、夏の暑いさなかに働きすぎないようにしないとな。

ジャックはついに親方を事務所へと退散させた。それから当然のように両手を腰にあてて足を踏ん張り、肺に息を溜めて頭をそらすと、口を思い切り開き、あの汚いろくでなしを殺してやると天井に向かって吼えた。

ジャックは〝人殺し〟の前に屈した人々の死亡記事のほかに春画も集めていて、わたしたちはそんなものを手に、浴室や地下室や汚水溜めなどの涼しい聖域で穏やかな時間をすごした。

「よく見てみな」とジャックが言う。「ああ、すごいだろ?」

「ああ、すごいね!」とわたしは応える。

「そいつを見るのに千ドル払う人間がざらにいるんだぜ」

「ざらにいるんだ」

ジャックはこうした〝美術研究〟には不当で愚かな偏見があり、そこを乗り越えられる人間には幸運が待っていると考えていた。

「ほんとはみんな好きなのに、認めたがらねえ。もしみんなが一斉に、堂々とだ——」

「そう」わたしは分別くさく眉をひそめた。「一斉に。堂々と」

ジャックはわたしの話の受け方にいたく感心していた。要点をまとめてみせるところが、自身の考えをはっきりさせるのに驚くほど効果があるのだと言った。

ちょうど地元の食品加工工場に手すりを設置していたころ、ジャックは春画偏見問題の解決策を思いついた。気前の良さへもってきて、何度も要点をまとめてみせたわたしへの感謝から、彼は儲けた大金はきっちり山分けすると約束した。

「そうだ、ジミー」ジャックはコンベアベルトに顎をしゃくった。「そうすりゃいいんだ。おれたち、冴えてるじゃねえか」

「そうだよ」わたしはぽかんとしたまま言った。「そうすりゃいいんだ」

「あれのパッケージだ」

「あれのパッケージ」

「あそこに滑りこませる」

「滑りこませる――だったら！　ぐずぐずすることないよ」

この誇らしい瞬間が、美しい友情の終わりのはじまりになるというのもおかしな話だ。しかし、わたしからはそう報告せざるを得ない。さしあたってジャックは、いきなり目標へ突っ込んで勝利と富に邁進することなく、過度の用心から躊躇を見せた。やるならきちんとやらないとな、と言った。きちんとやるには、まず片づけることがいっぱいあるぞ。

何日か過ぎて、片づけるべきことの一覧から二項目を除くうち、わたしはジャックにもどかしさを感じるようになり、やがて不信を抱いた。わざと作業を遅らせてわたしをテキサスに帰し、会社の共同経営者としての報酬を受け取れないようにしているんじゃないかと訴えた。

ジャックはしばらくはおもねってきた。だがその態度に、わたしは誠実さが足りないと感じたのだと思う――いかにもばつが悪そうだったのだ。こうしてわたしの告発はつづき、ついにジャックは不快な中傷を持ち出すにいたった。わたしのことを仕事の虫、自らすすんで〝人殺し〟の餌になろうとする男呼ばわりした。おまえが仕事好きだってほうに金を賭けてもいいぞと。おれは端から疑ってたのさ。元気があって、やたらせっかちなところがようやく本性を現わしたな。

それ以後、わたしたちは口をきかなくなった。

ふたたび話したのは、わたしがテキサスへもどる前夜のことで、わたしたちはためらいがちに握手をし、堅苦しい別れの挨拶を交わした。

ウィスコンシンの配管工事店での静かなあの晩から、三十年あまりが過ぎた。三十年で、わたしは物語が書かれたトイレットペーパー、マッチを組みこんだ煙草、肉汁がはねた色合いのネクタイ、舌の形をした切手用のスポンジといった品を考案する、およそ発明家とはいえない発明家になった。だから、いまになってジャックの態度が理解できる。夢は美しいほど実現の望みは薄く、つまりはつぶしてしまうしかないのである。

けれども当時のわたしには、金に目がくらんだ小悪党が、疑うことを知らない純朴な青年を出し抜いたとしか思えなかった。テキサスに帰って数カ月間、わたしはジャックの背信の証拠を探した。

わたしは家に運ばれてくる料理の容器を――カートン、ラベル、包装紙、印紙と細かく仕分けていった。ケチャップ瓶の蓋を分解し、ソース差しの栓を割った。わたしがこうした行動について説明を拒み、独り言のように百万ドルのこと、人を騙そうとしてくる連中のことばかり口にするので、家族はますますもってわたしの頭には脳みそがないと確信するようになった。

いま思うに、それはしごくまっとうな意見だった。

15

わたしの通っていた学校は〈グレン・ガーデン・カントリークラブ〉からさほど遠くなかったので、週末の仕事を探してそこに吸い寄せられるのは自然の成り行きである。見つけたキャディの仕事は好きだった。少なくとも、それまでに出会ったほかの職より気に入った。ゲームごとに報酬をもらえるのがなんともうれしかったのだ。しかも〈グレン・ガーデン〉のキャディには、ある時間帯にコースでプレイできるという特権があった。

明け方になるとベン・ホーガンやバイロン・ネルソンなど、〝自分のゲーム〟を磨こうと野心を燃やすキャディたちがクラブに集ってきた。フルセットのクラブを持つ者は多くないが、そんなことは問題ではない。足りないものを補いあうように四人組をつくると、朝露に濡れたフェアウェイを行きながら声をかけあい、おたがいのドライブやアプローチについてプロ顔負けの分析をしてみせる。その日の仕事がはねてから、キャディ小屋の裏で血を見るようなひどい諍いが起きることもあった。とはいえ、まずは細かい点までエチケットが行き渡っていた。何はともあれ、礼儀と思いやり。

この競技がそうさせるのだ。

わたしはそこがすばらしいと思った。

もっとも、キャディの報酬は十八ホールで六十五セント、キャディの数はキャディを欲しがる人の数より多かった。調子がいい日、たとえばトーナメントがあったりすると、二度の〝出動〟で計三十六ホールを回ることになる。そこにチップが来れば、稼ぎは一ドル七十五から二ドル。これはもちろん、重さ五十ポンドのバッグをかついで十二ないし十五マイルを歩くだけにしては、けっこうな大金である。しかし、そんな僥倖にはそうそうあずかれるものではない。

概して十八ホール、あるいは一ラウンド半も回れれば運がよかった。夜明けから日暮れまで、出動せずに待ちぼうけという日もあったのだ。父が指摘していたが、やはりキャディという仕事はあてにならないし儲からない。

父はこの仕事を禁じなかった。というか、わたしの省略癖のせいでちがった印象をもたれているかもしれないが、父がわたしに命令したり、何かを禁止することはまずもってなかった。父は「物事を考え抜く」、「ひとつの問題をあらゆる方向から見る」ことを信条としていた。すでに述べたように、わたしには素直に従うくらいなら、恩知らずで間抜けの鼻つまみ者に思われたいというところがあった。だが、これもそうしょっちゅうのことではない。間抜けだろうと、間抜けの鼻つまみだろうと別段気にも留めなかったが、自分の地位を築く過程というのは、やけにもどかしく耐えがたかった。

父は「大の大人が、牛の牧草地で小さな白球を追いかけまわして」と茶化してみせた。「四十を切る」とうぬぼれるわたしに軽蔑の目を向けてきた。そして、おまえの齢にお
れは四十を切ったぞ、未開墾の土地四十エーカーを馬一頭の鋤でな、と言った。

わたしは週に二日はゴルフコースに出ていた。過ぎていった二日は永遠に失われた。週に二日、一年に百四日――三年で三百十二日。

父は口を開くたび雄弁になり、わたしは年を取った。やがてトイレにこもって一服するわたしの背中は曲がり、脚はリューマチでふるえていた。鏡をしげしげ覗きこみ、まだ歯が抜けずに残って、白いひげが伸びていないか確かめたほどだった。

むろん、わたしは〈グレン・ガーデン〉から身を引いた。

雑誌に短文をいくつか売った話はすこしまえにした。この活動には熱心ではなく、というのも、とぼしい売れ行きがわたしの無才と時間の浪費を証明していたからで、だがやる気が失せていたわけでもない。書かなくなってはいたものの、たまに他人に知られ

ないように、とにかくひっそりとやった。書いたせいでさんざんひどい嘲りを受け、それがもう厭になっていた。

セマジ・ノスモット。わたしが創り出したその名前は、なんと甘美な響きをもち、いかに忌まわしい存在となったか！　ああ、むなしや、むなし、そなたはいかなる陥穽を覆い隠すか。セマジ・ノスモ……

そのペンネームを使ったのは一度だけだが、あいにくその一度というのが、返信用封筒に記されていた。ある晩、学校から帰ったわたしはセマジとノスモットの名前で呼ばれ、まったくもって面白がることができなかった——そのことはすぐに、声を大にして伝えていたのだが——そう感じたのはわたしひとりだけだった。母と父はわたしがひどく傷つき、腹を立てていることを察してブレーキをかけたが、自分たちもときおり我慢できずにくすくす笑いを洩らしたし、マクシーンとフレディのことはたしなめきれずにいた。

わたしが家にはいっていくと、「ノスモット」に「洟壷《スノットポット》」、「セマジ」に「散らかった《メッシー》ジャム」と囁き声が聞こえた。で、家から逃げ出そうとすると、通りのほうから冷やかしのコーラスが流れてきた。

セ・マ・ジー　ノス・モット
落っこちたー　しょんべん壺《ピスポット》

マクシーンとフレディは、傑作なジョークを黙っていられなかったのだ。それはすでに市民権を得て、敵も自在に扱えるようになっていた。

右に挙げた下手くそな詩は、何週間にもわたってわたしを愚弄しつづけたほんの一節だが、ここでくりかえす意味はないし、ほかの部分はほとんど活字にできないので、わたしが経験した試練についてのさらなる詳細はこの際、省くことにする。要するに、書くことを追求するまでもなくやめてしまったのは、ノスモットに付きまとわれるのが怖かったからである。

だがその熱狂も消え去った。からかう者たちは尾羽打ち枯らし、わたし同様にうんざりしていた。もはや執筆を再開しても安全という気はしたが、雑誌の儲けがあまりに少なかったので、新たな販路を開拓することにした。自由契約で受けた仕事の伝票から請求書をまとめると〈フォートワース・プレス〉の編集者に見せ、看板記者になる素質はあるのだとそれとなく伝えた。

編集者はそんなふうには見ていなかったようだ。というか、はっきりいって、わたしのことは眼中になかった。かぶったポークパイ・ハットの下でわたしが耳を赤くしていくなか、むこうはおそらく十分ものあいだ自分の仕事に目を落としていた。わたしが必死で発していく口上はまったく耳にはいらなかったらしい。

ぴったりのサイズだった〈ヴァレンティノ〉のズボンが、いきなり六サイズも大きくなったような気がした。喉ぼとけの周辺がひどく凝った。どうやら自分は重大なあやまちを犯したらしいのだが、その程度に関しては想像がつかなかった。ハリウッド映画の熱心な生徒だったわたしは、編集長と記者の関係というものに通じていた。

記者たちはいつだって編集長の机に腰をおろす。いつだって頭に帽子を載せ、口に煙草をくわえている。編集長のことは〝おやじ〟とか〝あんた〟呼ばわりして、「勘弁してくれ、マック、おれはいまビールではちきれそうなんだ」などと軽口をたたく。わたしはそういったものを見てきた。わたしの目には、この男は門外漢だった。

ついに男が顔を上げた。そして立ちあがった。無言でわたしの頭から帽子をむしり、口もとから煙草を引き抜いた。やおらわたしの肩に両手を置くとやさしく、だがしっかりと机から押し出した。

「座りたいのかな？」男はていねいに訊ねた。

「え、ええ」わたしは口ごもった。

「ならどうぞ」彼は椅子を手で示した。

わたしは腰を落とした。彼はわたしの年齢を訊いた。

「じ、十五」わたしは唾を呑みこんだ。「もうすぐ十五」

「ほう？」男の顔がやわらいだ。「もっと上なのかと思った。この請求書――本当にきみのか？　あんな雑誌に記事を売ったのかね？」

「ええ」

「すばらしい。わたしは二行のジョークをこんなにたくさんは売れなかった。どうしてこれをつづけない？　なぜ新聞社の仕事をしたいんだね？」

わたしの説明はしどろもどろだったはずだが、相手は理解してくれたようだった。

「そうか」彼はようやく口を開いた。「きみにあげる仕事はないな。午後の三時半まで学校があるんだろう？」

「ええ。でも――」

「あげる仕事はない。ひとつもだ。タイプライターは使うのか？」

「ええ――」

「いや、話にならない。きみに回せるものはなにもない。街の事情には通じているかね？」

「え――」

「そうだな」彼はさりげなく言った。「きみにも出せるものはあるだろう。だが、まずは――」


これはアメリカ新聞協会が設立されるはるか以前の話だ。熟練記者が週に五十時間、六十時間と働いて二十五ドルたらずの給料で、駆け出しの若造となると経費以外に報酬なしという場合も珍しくなかった。つまりは当時、わたしを雇うというのは寛大というのを超えた待遇だったのである。

わたしが出勤するのは午後の四時（土曜日は午前八時）で、用事があるうちは帰らなかった。主な仕事は雑用に電話当番にコーヒー調達、それにときどきタイピストで、週に四ドルもらった。重要ではない事件の取材をさせてもらうと、新聞社の規定で一段につき三ドルが出た。

この新聞の性質上、わたしの記事はまず紙面に出ないか、要約されて掲載されるので稿料は微々たるものになった。あてにできるのは四ドルの週給だけで、それも出費とほぼとんとんだった。

こうした状況に、わたしが深夜まで家を空けていたことも重なって、父と話をするようになった。この話し合いは数カ月後、わたしが〈プレス〉を辞めた時点で終わった。

おわかりのように、わたしはつむじ曲がりもはなはだしい青二才だった。人に指図されたのと正反対の方向へ行くのが癖で、矯正されることにはとにかく憤りをおぼえた。そんな気質もあり、〈プレス〉での経験から個人として得たものは、報酬の面とともども少なかった。しかし、改良という種は実例を通してまかれた。口で言われるのではなく、お手本を間近で見ることを許された。そして種はしだいに芽吹いていった。

わたしは〈ヴァレンティノ〉のズボンとそれまでの髪形をやめた。煙草は本当に喫いたいときだけにした。磨きあげた靴や清潔な指の爪などに心を砕くようになった。礼儀を重んじるようになった。相変わらず用心深くて素っ気なく、侮辱や蔑みには敏感だったが、ことさら攻撃的になることもなかった。自分がきちんと扱われるかぎり――この問題におけるわたしの基準は高かったが――他人のこともきちんと扱った。

これに関連して言わせてもらうと、他人にたいしてつねに礼儀正しくいることこそ、記者として持つべきもっとも大事な資質である。大都市の日刊紙を渡り歩いてきただけにわかるのだ。現役のころ、わたしは名うての悪党や名士の数々にインタビューをした。映画スターに殺人犯、鉄道会社の社長に偽証人、王子、女衒、外交官、扇動者、判事に被告人。〝インタビューなど受けたことがない〟という人間、〝記者なんて見たことがない〟人間、〝報道機関には発言したことがない〟人間にインタビューした。

あるとき、アメリカで三番目に金を稼ぐという西海岸の実業家に話を聞いた。誘拐を極度に恐れるあまり、自宅を要塞化してしまった人物で、電話番号を入手したわたしが連絡を入れるとヒステリーを起こしかけた。彼はインタビューを受けたり写真を撮られたりした経験はないし、いまさらその気もないという。

わたしはその気持ちは理解できるし、記事のことは忘れましょうと言った。でももしよければ、わたし個人のために話してくれませんか？　人生で途方もない成功をおさめたことのないわたしに、経験者からいくつか示唆をもらえたらありがたいのだと。相手は話に嘘がないことを確かめたうえで、しぶしぶながら同意した。

午前中に彼の自宅を訪問したわたしは、昼食をはさんで午後もまだ話をつづけていた。

ようやく暇乞いをする段になって、むこうが記事を差し止めておくのは心苦しいと言いだした。わたしは、そんなふうに気に病む必要はありませんと答えた。あなたと話ができて、借りがあるのはこっちのほうですよ。

「これはまた」彼はいきなり笑いだした。「こちらも相当な馬鹿者だが——」

わたしは記事をものした。写真も撮った。それからまもなく、強盗も誘拐もなかったことから、彼は警護と武装を解き、人生と収入を愉しみはじめた。

記者の経験でただ一度だけ、礼儀正しさと思いやりが通じなかったことがある。これはワシントンの不動産ロビイストで、ある時期を境に神の摂理によって業界から締め出された、頭でっかちの無作法な田舎者の一件である。

この男は、わたしが働いていた街に来ることを事前に通告してきていたので、わたしや競合の記者たちは列車を待ち受けた。むこうから招かれたとの理解だった。だが、われわれを見る男の目は冷たかった。話をしたければホテルで、と彼は言った。そこでホテルまで付き従っていくと、やはり「時間がない」とのこと。朝食後なら。

われわれは男が朝食をとるあいだ待った。散髪をするあいだ待った。葉巻スタンドの娘を延々とからかうあいだ待った。そうこうするうちに男のほうから、スイートに上がって昼寝をするので、一時間ほど後には「たぶん」お会いできるだろうと声がかかった。
わたしは他の記者と顔を見合わせた。館内の電話で編集者に相談した。この人物について、われわれ記者と編集者の意見はさいわいにも一致した。つまり、豆粒ほどの脳みそしかない男はマナーを学ぶことが必要であり、男がわが地域にもたらすとされる珠玉の知恵とは、ごり押しするための材料にちがいない。

わたしはこのメッセージを件のロビイストに伝えた。むこうは電話を取ると、「おまえたちも編集者も、みんなただじゃおかない」と脅してきた。

男は各社の発行人に連絡した。編集長やデスクに連絡した。威嚇して怒鳴った。懇願して泣きついた。各紙に外部から圧力をかけようとした。

記者会見を開いたが、記者は集まらなかった。晩餐会と会議で挨拶をし、新聞社向けの発表をひとしきりおこなった。彼が口にした、あるいは文字にした言葉は新聞に一言も掲載されなかった。

おそらく不動産事業は、いまやどの街においても最大の力を持っている。しかし、事業者たちの組織といっても、われらが友人が必死に働きかけたところで一方向になびくとはかぎらない。この友人もやがてそのことに気づいた。

地元の不動産業者は彼に懐疑の目を向けた。三大紙をこれほどまでに怒らせる男は何者なのか。他の都市でも同じく不興を買ってきたのか。男の活動には自分たちもふくめ、全国の団体がその対価を支払っている。法律制定に影響を行使してもらい、大衆に向けて団体の印象を良くする目的で金を払っている。これもその一環なのか。

ロビイストはわずかな支援者からも愛想をつかされ、週の終わりにはひっそり街を出ていった。だがひどく冷遇されたにもかかわらず、彼の態度の悪さは一向に改まらなかった。

ワシントンにもどると、あるパーティガールに限度を超えた狼藉をはたらいた。彼女は果敢に、かつ効果的に報復した。

残念ながら、彼女の攻撃は男を殺すには至らなかった。だがボクシングにおけるクイーンズベリー侯のルールで神聖とされる部分に集中して、その次善の策が功を奏した。

要約すると、いくらロビイストが女性に興味をもとうが、彼のほうには女性の興味を惹くものがないのである。

位高ければ、努め多し！

16

〈プレス〉を辞めたわたしは、石油と採炭の専門週刊誌〈ウェスタン・ワールド〉で短期の仕事をした。定時というものがなく、忙しくて人手が足りなくなる時間だけ駆り出された。決まった役目もなかった。予約購読者用の封書の宛名書きをすることから、原稿の素読み、使い走り、短信の書き直しまで、あらゆることをすこしずつやった。たまに余白が生じれば、ロバート・サーヴィス風の詩——それはひどい代物——も書いた。

日給は破格の三ドルだったが、いつ仕事に呼ばれるか見当もつかないし、つねに準備を強いられる。しかも召集されるときは、毎度わが家の計画や予定とかち合うといった調子だった。また大人の同僚たちはそれなりの敬意を払うわけでもなく、自分たちの年齢やこちらの若さをいいことに侮ってきたような、そんな印象もある。

彼ら全員がわたしの上司だった。彼らには〝ガキのシェイクスピア〟や〝若きピュリッツァー〟にたいしていつでも、たとえ最悪の瞬間にでもコーヒーやカーボン紙を持ってこさせる権利があった。事務所に来客があればかならず、世紀の傑作を産み出そうとタイプライターに向かって呻吟しているときにかぎって、「おい、坊や」と声がかかり、起きるなり慌てるなりして、屈辱にも似たお使いや仕事をやるように指令が来る。

これはたぶんわたし自身のためになったはずだ。これに耐えられない作家は書くのをあきらめたほうがいい。だがわたしはほかの場所で、現実や空想のなかで、もうろくに耐えられないほど耐えてきたし、耐えていた。そしてとうとう大声で叫びそうになるという、自分でも肝を冷やすような愁嘆場を演じて事務所を飛び出し、そのままもどらなかった。

それから数カ月間は、いわば下り坂だった。確保したアルバイト――食料品店、瓶詰工場、氷の運搬馬車の作業――にはこれっぽっちの興味も湧かず、すぐに縁を切った。実際には別の仕事を探すこともやめた。働くのにやぶさかではなかったけれど、ただ働きする気はなかった――〝無料《ただ》〟は、わたしからすると基準の報酬率だった。くわえて〝意味のない〟ことをやる気もなかった――こちらも報酬率と同じく基準の部類にはいる。

しだいに学校をサボりがちになったわたしは、授業時間をバーレスク劇場ですごすようになった。この遠征の資金をつくるのに、ときどきゴルフコースに出た。

このころの写真に残されたわたしは、痩せて小ざっぱりとして、真面目一方といった顔つきの若者で、一見して驚くほど無害な外見をしている。ただしよく目を凝らせば、油断なく細めた双眸、こわばった唇、笑顔としかめ面のあいだで微妙に揺れる表情に気づくだろう。最高を期待しながら、最悪を予期するような顔。うまくやるためのことは自分で全部やったから、他人はわたしとうまくやるようにしたほうがいいといわんばかりの顔だ。

この最後の条件を満たす人たちとは、やがてわたしが贔屓にするようになった、ある小ぶりのバーレスク劇場で出会った。そこは朝十時ごろに開くと、幕間に流されるカウボーイ映画を除いて舞台がつづいた。役者たちは毎度拍手喝采するわたしと日に十回も顔を合わせた。すると、むこうからウィンクや会釈をよこすようになり、そのうちわたしたちはフットライト越しに挨拶をして、短い冗談を交わすような仲になった。

わたしが入場する時間帯には客の数に幅があって、劇場の支配人兼所有者兼用心棒は、こっちで勝手に指定席を確保しても文句は言わなかった。それどころか、この好人物はわたしが常連になったことに喜びを隠さず、顔を出さないと愚痴をこぼすようになった。開場時刻にわたしが現われないと間が抜けた感じがすると言うし、ポケットに煙草をすっと差し入れてきたり、コーヒーはまだかと訊ねたりするのだ。どんなことでも忌憚のないところを、ショーについての感想も正直に聞かせてくれとしつこかった。一貫して好意的なわたしの批評には、腹が立ったりうんざりするところはなかったらしい。

　こうしてこの劇場に入り浸るようになったわたしは、できるだけ顔を出し、その気になれば役に立つことをした。切符のもぎりの代役をやったし、キャンディも投げ売りした（甘いお菓子はいかが――どの袋もおっきなおまけ入り！）。舞台裏で空砲を撃ったり、ブラジャーのホックを留めたりと雑多な仕事を手伝った。

　金はもらわなかったが、欲しいと思ったこともなかった。むしろ給料が出る仕事をやっていたときよりも、食べ物も煙草も充分すぎるほどあった。なぜかかまわれたがっているという印象がひろまって、誰もがその役を買って出ようとした。金曜日の〝アマチュアショー〟を通じて、かなりの額の小遣い銭をあてがわれたこともある。

　この手のショーというのが観客、素人、そして情け容赦ない鉤の三者からなるコンテストであったことは憶えておられるだろうか。才能はまるでないくせに、やる気だけは満々の俗物が舞台中央に堅苦しく立ち、たとえば〈ダン・マグルー〉を朗読したり、〈マザー・マクリー〉を歌ったりする。その男の朗読や歌唱の声が高くなるにつれ、客の野次も大きくなる。哀れ俗物はめげずに、投げつけられたぐしゃぐしゃの野菜を投げかえす。しかし、男の不吉な運命が否定されることはない。恐るべき鉤――羊飼いの杖のように一方が曲がった長い竿――がいきなりその首を巻きこんだと思うと、舞台係にぐいと引かれ、不運な素人はまさに宙を飛ぶように舞台袖に退場していく。

観客の脳裏に妙な疑念がきざさないように、わたしがショーに出場するのは二、三週間に一度だけ。だが、これを大の得意にしていたわたしはたいがい一等賞の五ドルを、最低でも二等賞の三ドルを獲得した。そしてもちろん、審査は公明正大だった。友人の支配人は、さまざまな賞品をさまざまな参加者に授与した。あるとすれば商品の程度で、それはその人が受ける喝采の量で決まった。

わたしには人真似もいいところで独創性などまるでなく、ショーのレギュラーだったコメディアンの助けを仰ぐ出し物が半ダースほどあったが、毎回客が喜んでくれるような芸はふたつだけだった。

そのひとつで、わたしは小道具の新聞の束を小脇にはさんで舞台に飛び出すと、「サイコロ賭博で七人が撃たれる」「墓場で死者十名発見」「女性殺害――ディック・ラムジーの妻」「スープ工場で大惨事――野菜はカブとエンドウマメ」等のナンセンスな言葉を約三、四分にわたってわめきつづける。

二番目の芸は、こちらのほうが人気があり、しかもいくぶん凝っていた。袖から出ていくわたしが身にまとうのはレースのベビーキャップとおむつのみで、煙草を噛むふりをして頰をふくらませている。そして舞台回りの小道具に、大げさに狙いを定めてみせると唾を吐く——ピットにいるドラマーがふさわしい効果音を入れる。あとは唾を吐くふりをするたび、椅子が壊れ、絵が割れ、牛乳壜が破裂し、テーブルの脚が取れていく。ただそれだけのことなのだが、客にはウケた。毎回のように一等賞の五ドルが手にはいった。

ある晩、出番が終わっておむつ姿のまま楽屋でくつろいでいると、脚にゲートルを巻き、格子柄のコートを着た男がどこからともなく現われて、あやうく跳びかかられそうになった。たしかに、無断欠席から路面電車での喫煙まで、あらゆる罪を犯してきたわたしだけに、それでもう死刑に相当するとの自覚があった。だからこの男が刑事で、罪状を一気にぶちまける気なのだと思いこんでいた。男の話す中身は聞かなかったし、答えることもできなかった。相手の言葉を通訳し，代わって返事をしてくれたのは芸人たちで、彼らはそれをくりかえし熱心にやってくれた。しかし、男が冗談めかしておむつをひっぱたいて去った後も、わたしは声もなくふるえていた。

おれが役者？　映画俳優？

まさか。

そのまさかが現実と悟ったのは翌朝、かつては材木置き場だったオフィスに出向いてからである。格子柄にゲートルの男は、二巻物の喜劇製作に奔走していた新興映画会社の監督兼プロデューサーだった。わたしは早くもその喜劇に出演することが決まった。きみには素質があると男は断言した（「チャップリンなんて野郎はな、いずれイギリスに泳いで帰ることになる」）。長年業界にいたおれの見立てに狂いはない。

これをきっかけに、わたしは映画製作について学んだのだが、撮影というのは筋とは無関係に進行して、ストーリーを知らない人間にとっては支離滅裂なものに見える。だが当時、右も左もわからなかったわたしは霧のなかをさまようようなありさまだった。茫然自失の状態にはまりこみ、監督兼プロデューサーにいくら怒鳴られてもそこから脱け出せない。自分が物笑いの種になっているという思い込みが増していくばかりなのだ。

ざっと言って、わたしはカウボーイ、パン職人、車掌（路面電車の）、警官、ライフガード、盲目の物乞いに扮した。言われるまま窓に突っ込み、階段を落ち、泥だらけの穴にはまった。殴り倒され、歩かされ、足蹴にされ抛り出された。パイに食器、サラミに野球のバットにビア樽をぶつけられた。一度など生きたブルスネークを投げつけられ、首に巻きつかれたこともある。

　この世界に深入りするにつれ、ますます肌が合わなくなった。わたしの演技はピルトダウン人のゾンビさながらだった。最終的にはラッシュの段階で、わたしの顎の傷痕が醜く目立つといきり立った監督からお払い箱にされた。

　わたしを逸材だと言った、その見立ては間違っていたのだ。

　当然、監督には多大なる厄介と出費を背負わせたわけで、わたしの報酬はなかった。

　前述した傷痕をきっかけに、カミソリ負けの一斉射撃を浴びたわたしはそれから三週間あまり、つい最近の失敗と、それに先立つ多くの失敗にふさぎこんで家に閉じこもった。

　やがて判明するのだが、わたしはなにも失わなかった。問題の映画会社は株の売却利益をあてにして見切り発車で活動を開始していた。で、資金調達に失敗し、最初の一本すら完成させられなかった。映画はついに未公開、プロデューサー兼監督は方々に借金したまま逐電した。

　病から立ち直ったわたしはバーレスク劇場に復帰した。だが以前のようには楽しめなくなっていた。みんなやさしく、映画の話題を巧みに避けてくれる。それでも気がふさぐし、心は落ち着かなかった。何かをやらなくては――とにかく何かを、と思った。

失敗という醜い刻印を取り除くために。なにしろ、十六歳になろうかというのに、いままで成功のひとつもしたことがない！

毎夜、わたしはベッドのなかでまんじりともせず、来たる一日を過ぎた日とはちがうものにしようと誓いを立てた。けれどもその日が来ると、結局は前日とまったく同じにすごしていた。バーレスク劇場にもどって切符を切り、キャンディを売り、楽屋でコーラスガールといちゃつき——過ぎては二度と帰ってこない黄金の時間を無駄にした。

ある日の夕刻、どことなく見憶えのある若い男が、わたしからキャンディを一箱買った。気がなさそうに、それでいてきびきびと動くこの男、初めはひたすら十セントを探していたが、やがて五ドル札を出してお釣りをせかした。

わたしは釣り銭を勘定してみせた。それが終わるが早いか、ポケットから出した男の手には探していた十セント硬貨があった。

「ほら」男は快活な声で言った。「あんたの十セントだ。五ドルは返してくれないか」

わたしは紙幣を渡した——というか、手から引き抜かれるにまかせた。うわの空で、何かをするという問題に気をとられたまま通路を歩いていった。そしてまるまる五分が経ってから、四ドル九十セントを騙し取られたことに気がついた。

どうにかしようにも、それはもはや手遅れだった。五ドルの詐欺師はすぐにも劇場を出て、いまごろはつぎのカモを物色しているはずだ。

にもかかわらず、わたしは通路を駆けもどって男の姿を探した。すると男は同じ席にいて、笑顔で五ドル札を掲げてみせた。

「ちょっと練習しただけさ」と男は無邪気に言った。「べつに心配してなかっただろう?」

17

わたしがアリー・アイヴァーズを初めて見たのは警察裁判所で、むこうは商店主を騙した罪で出廷し、こちらは〈フォートワース・プレス〉から言われてその場に居合わせた。細身のブロンドで色が白く、あんなふうに邪気のない碧眼の持ち主には、いまだかつて出会ったことがない。初対面では十六歳前後に見えた。十年後も、外見は十六歳のままだった。そんな歳月に、わたしたちのたどった道は一度ならず交差して、むこうがわたしのことをいちばんの親友（わたしがよく異論をはさみたくなる呼称だ）と呼んだりする場合も多かった。アリーのことは誰よりもはるかによく知っていた。だがその交流を通して彼の住処は知らなかったし、素姓や経歴についても聞いたことはなく、どんな世渡りをしているのかもよくわかっていなかった。

アリーについて確かなことは、彼がいつもながら予想外の――違法ならなおさら――の行動に出て、その結果については一向おかまいなしだったところだろうか。

あるとき、めったになく打ち解けた雰囲気のなかで、アリーがその哲学の一端を洩らした。「溺れてる人間がいたら、おれは千フィートの崖からでも飛び込むぞ。あとは知るか。たぶん助けてやるかな。首に錨を巻きつけてやるか」

「まずはそいつのシャツを盗めよ」とわたしはそそのかした。

「そうだな」アリーはまんざらでもなさそうだった。「溺れてる人間はシャツも要らないよな」

わたしが知るアリーはこの程度である。わが人生において、彼はいまだに端倪すべからざる不思議な存在であり、わたしに向かって、磁石に引き寄せられるやすりのごとく近づいてきた。

あの日、警察裁判所でアリーを一目見た判事は、こんな殊勝な若者が商店の引出しから二十ドルを〝手づかみ〟したうえに、自分の金だとごまかしたりするはずはないと断じた。そして、逮捕した警官を叱責したうえでアリーを解放した。わたしはアリーを追って外に出た。

わたしは記者を名乗ると、事実を話してくれと言った。あなたは有罪なのか無罪なのかと。

実はアリーの愛読書は刑法で、法に関する知識は最高裁判事を嫉妬でうならせるほどだった。一瞬はっとしてから、彼は大きな青い瞳を見開いて罪を認めた。

「それだけじゃない。店を出るときにピーナッツの袋も盗んだ」

わたしがそれを書き留めると、アリーはその他の犯罪も挙げていった。定職は娼婦から毛皮のコートを盗むことだという。「あれはみんな持ってる」と彼は説明した。「どういうわけか、あいつらは十中八九、ベッドにいるときには大金をコートに詰めこんでるからね」

わたしはその手口について訊ねた。簡単さ、とアリーは答えた。客を装って娼婦の部屋に通されたら、購入するまえに商品をじっくり吟味させてくれと言う。で、騙された女が全裸になり、追いかけてこられない状態になったところでコートをつかんで逃げる。「楽できれいな仕事さ。市場がよくなったら、すぐにでも復帰するつもりでね。いまは質屋で在庫がだぶついてる」

アリーは、毛皮のつぎに盗むのが好きなのは手荷物だと言った。これも簡単だよ、と謙遜しながら、赤帽とバッジも持っているなどという話を付けくわえた。さらには街を区分けし、上がりの割合で掏摸たちを支配しているとのことだった。

「いちばん面倒なのは」アリーは最後に言った。「さっぱり休めないことでさ。いまはあっちこっちと儲け話を飛び回ってる。ひとつうまくいったら、すぐに別のところへ行く」

わたしにはませたところもあれば、やたらに初心な面もあった。ただ、とんだ役立たずと思われないように断わっておきたいのだが、わたしがアリーの話を信じたのは、それが事実であったからである。一言一句にわたって。このわがまま勝手な若者は娼婦から毛足の長い衣類を奪い、疑いを知らない旅行者からは荷物を盗んだばかりか、生き馬の目を抜くような悪の世界の住人にも騙りを仕掛けていた。事実、これはのちに打ち明けられたことだが、奪う者から奪う快感にまさるものはなかったという。それがアリーを駆り立て、ある意味、田舎者にはけっして真似できない味わいを添えることになった。

たとえば掏摸の場合、アリーはヒューストンとガルヴェストンへ行くと現地の掏摸仲間に、フォートワースでは仕組みができていて、上納の割合によっては〝大活躍〟してもらえる極上の持ち場を割り当ててもいいと持ちかけた。すると同業者たちは――少なくとも、その多くは――まんまと話に乗ってフォートワースに押しかけた。アリーが自分の取り分を回収しはじめたころ、掏摸たちは刑務所に落ちそうになっていた。

並の手配師なら、掏摸が最初に投獄されたのをしおに高飛びを考える。ところが、アリー・アイヴァーズは明らかに並ではなかった。掏摸がつぎつぎ仕事を切りあげるなか、アリーは別の連中のところを回り、分け前をごまかしたやつが盗みの許可を失ったのだと説いた。そして分け前の計算をくれぐれも間違えないようにと釘を刺した。掏摸たちは当然のこと不安を抱いたし、アリーの善意をつなぎ止めようとの思いから自分の取り分をさらに減らすことに同意した。

数日もたたないうちに、事の実態が知れた。すなわち掏摸たちはありもしない仕組みに金を払っていたのである。しばらくは捜索が集中しておこなわれたが、アリーという人物は存在もしないようだった。警察関係者の間では、掏摸たちが己れの悪事をなすりつけるために、架空の生贄をでっちあげたのだという結論に達した。

アリーはその冬をマイアミですごした。「健康のためさ」とあっさり説明した。で、彼がわたしにした告白にもどると、その真偽については、名誉棄損に神経を尖らす新聞にはこれっぽっちの影響もあたえなかった。真実にしろ偽りにしろ——編集者は絵空事と呼んだ——それを上げた記者への中傷をまねきかねない話だった。

このうえなく礼儀正しい、情け深い編集者はそれを何度もたたみ、ゴムバンドで留めて栓の形にすると、わたしに差し出した。

「きみの頭のその穴、お大事にな」

……バーレスク劇場の外で顔を合わせたアリーは、わたしをしつこく夕食に誘ってきた。わたしのことをたびたび思いだし――話した内容のことが気にかかっていたという。あれは悪意があったわけではなく、いまの落ちぶれたわたしの境遇と関わりがなかったらいいのだが、と言った。

最初は無愛想に応対していたものの、わたしの暮らしぶりを真剣に気にしてくる様子を見てわだかまりが解けた。高級レストランで食事をしながら、わたしは近況を伝えた。アリーはよく笑ったが、それは静かで同情のこもった笑いだった。退屈していた少年が、物珍しい玩具を見つけたときのように目を輝かせていた。

「きみのことをなんとかしないとね」とアリーはしきりに言った。「ああ、おれたちでなんとかするからな」

「いまは――その――何をしてるんだい?」とわたしは訊いた。

「ベルボーイ。あそこの――〈ホテル〉で。盗みほど割はよくないけど、気分転換さ。騙すのもちょっと飽きてきた」

「上品なホテルじゃないか」

「こっちはぱっとしないけど」アリーは肩をすくめた。「ドアには相当立派な錠前がついてるぜ」

「ぼくに」――わたしは言いよどんだ――「ぼくにもできるかな――?」

「なんだよ。やってみろよ」

「いや、やめとこうか。学校も行かなきゃならないし。ずいぶんサボってるけど通わないと」

「それなら大丈夫。夜、働けばいい。夜勤に人を確保するのに苦労してるから」

「ど――どうかな。ぼく――ぼくなんか雇ってくれないよ。家族は夜働くのを厭がるし、それに――」

「怖じ気づいたのか?」アリーは訳知り顔でうなずいた。「できないのを恐れて尻込みするなんて。そんなのだめだ。コーヒーを飲んだら行こう」

わたしは離れて後を歩きながら、やっぱりやめると抵抗した。ホテルの通用口で、アリーは鉛の窓枠のほうにわたしを引き寄せると、ブロード地のコートのボタンホールにカーネーションを挿している、太鼓腹で尊大な感じのする男を指さした。

「あの男が、この時間帯の副支配人さ」とアリーは言った。「さあ、なかにはいって、おれを雇わないと、あんたのポケットに小便してやるって言うんだ」

「えっ、そんな——」わたしは逃げようとした。

「じゃあ好きにやれ。おれはこの場で見守ってるから」

「いや、アリー」わたしは低声で言った。「いまはまともな恰好してないし——胃も痛くて、いきなり仕事をくれなんて頼んだら頭がおかしいと思われる、こんな——」

アリーはわたしの腕をつかんだ手に驚くほど強く、痛みが走るほど力をこめた。「行くんだ」有無を言わせないといった口調だった。「行かないなら警察を呼ぶぞ。卑猥な誘いを受けたと言ってやる」

そのとおりやりかねないという気がした。

わたしはホテルにはいっていった。

副支配人がうんざりした目を向けてくるなかで、わたしは夜間の仕事に応募する旨をとりとめなく語りだした。まだしどろもどろの最中に、副支配人が「不愉快だ」とつぶやく声が聞こえた。それがむこうの気分を言い表していると思ったわたしは、その場から離れることにした。

逮捕されるような目に遭わずにすんでほっとしながら、ドアに向かって歩きだした。

わずか二、三歩しか行かないうちに、陽灼けした肌に洒落た髪形、〈キャプテン〉と標されたワイン色のジャケット姿の若い男が脇に現われた。

「道を間違えてるぞ、おにいさん」男はよどみなく言った。「テーラーショップはこっちだ」

「テ——テーラーショップ？」

男はにやりとしてわたしの肘を取った。「もぐもぐ親父の言葉が理解できなかったんだろう？　そのうち馴れるさ。ほら、制服をあつらえにいくぞ」

18

わたしが足を踏み入れたのは奇妙で奔放で素晴らしき世界、狂乱の二〇年代の豪奢なホテルライフだった。そこはよくて無骨な個人主義を象徴する世界――悪くて、その洗練された外観からは内部の激しい動揺など測り知れない世界、自分の手に負えないことはやらないという掟が具わる世界なのだ。

その世界に同情はかけらもなかった。賞罰をつかさどる一般の法律は通用しないのである。人が何をしたかではなく、どのようにやったかが問題とされた。たとえば勤務中に飲酒する、女性客と深い仲になる、吝《しわ》い客にチップを強要するといった行為にたいしては、普通ならそれを厳格に戒めるルールがある。しかし経営側には、その手の犯罪について従業員は端から有罪という認識があって、クレームが発生したりホテルの日常業務に支障が出ないかぎりは不問に付される。それどころか事情をわきまえ、臨機応変に対処したと評価される。

で、こうした態度というのは実のところ、珍しいことでもないらしい。

この喧騒の世界、すなわち未知の背景をもち予測がつかない言動をする見知らぬ他人ばかりの世界とつねに間近で接しているのがベルボーイなのである。アドバイスや助けをもとめる相手もなく、ベルボーイは孤立無援のなか、そんな風変わりで好戦的で、病的に暗い他人を喜ばせたりなだめたりしなくてはならない。自殺志願者を見つけ、喧嘩腰の飲んだくれをとりなし、満足すまいと意地になる気まぐれな客たちを満たさなくてはならない。しかも、そのときの気分には関係なく、いつでも迅速かつ控えめにおこなわなければならない。

要は、押し出しと機転が利かなくてはならない。どんな緊急事態にも適切に対応しなくてはいけない。自身の危機にうまく対応できない者は、ホテルの業務においても同様であることが多い。早い話が〝切れ者〟ではないのだ。〝事情に通じている〟わけでもないから、必然的に居場所もなくなる。

いわばホテルの航海日誌にあたる〝連絡帳〟には、ベルボーイへの懲罰が記されているが、そこには〈巻きこまれる〉という単語がくりかえし現われる。ベルボーイが解雇されたり罰金を食らったり、または警察送りにされたりするのは、自ら罪を犯したというだけでなく、罪に〈巻きこまれ〉たからなのである。

ホテルの世界に休日はない。夜勤は週に七日、夜の十一時から朝七時まで。日勤もやはり週七日の仕事だが、勤務時間はホテル業界共通の尺度で長勤、短勤に調整される。ふたつのシフトのうち、ひとつは朝七時にはじまって終わりは正午、六時にもどって夜十一時まで働く。翌日は正午から午後六時までで、もう一方のシフトが二回出る長勤になる。

ある夜のこと、予想外に仕事が立てこんで、昼のボーイが夜勤もやった。その日二度目の残業で、彼は朝七時から勤務についていたのだ。というわけで、仕事をこなしたボーイは〝居残り〟が部屋を使える特権を主張し、ベッドに倒れこんだ。

不幸にして、彼は眠るまえに煙草の始末をしなかった。二時間ほどして目を覚ましたときには、焼死寸前で窒息しかけていた。彼は苦しさに耐えて窓をあけると、マットレスと寝具を浴室へ引っぱりこみ、シャワーの下に置いた。

火傷しながらも重傷を負うことはなく、彼は火を消し止めた。しかし、高価な毛布にスプレッドとマットレスは見る影もなかった。こんな惨劇に巻きこまれたら、ホテルは思いつくかぎりの厳罰をくだしてくるだろう。

何をどう見ても絶望的だと思いなしたボーイは、階下へ降りると夜勤のフロント係に罪を白状したうえで、名誉と実利を兼ねた解決策を進言した。非常用の鍵（内側から施錠されたドアをあけるためのもの）と、ロビーのポーターの手助けがあればいいと言った。

ともかく勘働きの鋭いフロント係は、それをきっぱり拒絶した。そこにかかわる気は毛頭なかったのだ。

「おれはいまからコーヒーショップに行って腹ごしらえする。おれがいない間に、おまえが非常用の鍵とポーターの手を借りるって話は聞かなかったことにする」

「なるほど」ボーイはうなずいた。「おっしゃるとおりに」

さて、ホテルのいわゆる常連のなかに、のべつまくなしに飲みまくり、早い時間から酔いつぶれてそのままという客がいた。彼の不幸とは、この晩にこのホテルの客となったことである。

男がはっとして意識をとりもどすと、部屋に刺激臭のある煙が立ちこめていて、自分はベッドとともに文字通り水に浮いていた。わが身の置かれた苦境の原因については、その場に同席していた連中——ポーター、フロント係、ベルボーイ——に訊ねるまでもなかった。言うも愚かなことである。できるとすれば、価値のない命を救ってくれた礼を言うことと、被害の弁償を申し出ることだけだった。

彼は全員にチップをはずんだ。フロントで言われた賠償金を払う際には、追加の心付けも（それと知らずに）出した。そして、辛いなかで聞き分けもよく、別の無料の部屋に移ることになった。

「寝た跡があるかと思うんですが」とフロント係が説明した。「でも、使っていた者のことはこちらでよく承知しておりますし、間違いなく――」

「かまわない」男は語気を強めた。「どうもご親切に」

こうして男は別室に連れていかれ、自分の体温で温もっていたマットレスと毛布の間に寝かしつけられたのだった。

この離れ業の一件はホテルじゅうに知れわたり、参加した従業員たちは出世街道に乗ったと目された。犠牲となった客については、彼の行状にたいする経営側の見方がまたふるっていた。すなわち、理性を失ったあげくに担ぎあげられ、目を覚まさずに方々を移動する男。つねにそんな状態でいる人間では、本人にとってもホテルにとっても脅威でしかないだろう。

こうして彼の名は〝悪役リスト〟――好ましくない人物一覧――に載り、出入り禁止となった。

有能なホテルマンというのは、たいがいそのキャリアをベルボーイからはじめており、そうした流れから、全体に〝いい子〟らしく見える犯罪者にも門戸が開かれていた。〝泣き〟を入れず（泣くとは、経営側を困らせる意）、愛想がよく、時間にきちょうめんで目端が利き、しかも広く役に立つ――駐車係、レストランの会計、給仕頭、エレベーター、電話交換機や請求書発行機の操作係の代役をこなす――となれば、それでもう悪事を働いた過去など関係なく目をかけられるようになるのだ。

夜間にひとりだけのエレベーター係は客の行き来で忙しく、ベルボーイふぜいにかまってはいられないことも多い。そこでわれわれは習慣的に、係のいない箱を自分たちで運転した。これはホテル特有の秩序というものにふれる初めての体験だったし、なにしろ身のすくむような経験だった、

この仕事をはじめておよそ二カ月が経ったころの話だが、わたしは三階のスイートであったボードビリアンのパーティに出ていた。ボードビリアンたちと大いに酒を酌み交わし、すでに正気とはいえない状態だった。わたしは部屋を出て、小走りにエレベーターホールへもどった。そして、選んだドアに鍵を挿して開くと乗りこんだ。

乗りこんだ先は、なんとエレベーターシャフトだった。もうひとりのボーイが、わたしが乗ってきたエレベーターを使っていたのである。

わたしは全部で五階分落ちた――地上三階に、地下と半地下を合わせた二階分。むろん一気に落ちたわけではない。途中、ケーブルや装置類をつかんでいた。だがこれは信じてもらいたいのだが、たとえルール無用のつかみたい放題だったとしても、五階を転落するというのは身の毛もよだつような試練だ。

わたしは穴の底にしばらく倒れこんでいた。ショックと痛みに打ちひしがれて動けずにいた。やがて朦朧としたまま、呻きながら半身を起こした。

ドアが開き、顔面蒼白の技師がわたしを覗きこんだ。彼はわたしを助け出すと、客室係に事故の報告をしに走っていった。

この客室係はわたしがいっしょに働くひとりだったのだが、これがまた客室係の典型というか、きびきびとして冷静で、しかも世を拗ねたようなところのある男だった。彼は口の端を妙にゆがめて、わたしのことを眺めまわした。

「痛みはひどいのか？　このあと、今夜は休みにするか？」

「い、いえ」わたしは呻き声が出そうになるのを堪えた。

「おまえ、酔ってるな。馬も倒れるほど息が臭いぞ」

「なにも飲んでません。新しい咳止めドロップを舐めただけです」

「おまえは酔ってる。だからエレベーターシャフトに落ちたんだ」

「ぼくが？」わたしは身をふるわせて笑った。「ぼくはシャフトに落ちたりしてません。ただ――その――」

「つづけろ。ただし、うまくやれよ、いいか？」

「ぼくは――その――アルミ箔を節約するつもりで。煙草の箱からはがれたやつとか、ガムの包み紙とか。それを探そうと思って乗りました」

技師が不意に踵を返してその場を離れた。客室係はいきなり咳の発作に襲われた。

それがおさまると、彼は罰金帳を取り出してペンを走らせた。「もっと達者にならないとな」と彼は素気なく言った。「準備万端怠るな。おまえはなかなかいい子だ――この先、見込みがあるぞ――でも、もっとうまくやらなきゃだめだ」

「わかりました」とわたしは答えた。

「よろしい」客室係は罰金伝票を引きちぎって差し出した。「それじゃあ、身体を洗ってきれいにしたら、あの階に上がれ！　すぐにだ、わかったか？」

「はい」わたしは紙片に書かれたものに目を落とした。

ベルボーイ　J・トンプスンに罰金一ドル
揉め事に巻きこまれたため

つぎにホテルの特殊な規律を体験したのは、残業で日勤になったある朝のことである。疲れ切っていたわたしは、気付けに二、三杯飲っていた。この二、三杯で調子に乗ってさらにもう何杯か飲み、その後の記憶をたどると、ロビーにあった砂の瓶のなかに腰をおろしたまま眠りこんでしまった。

すぐにベルキャプテンに見つかり、ロッカールームへと追い立てられた。わたしを雇った例の副支配人が背後から、おまえは死刑だと言い募っていた。

「いままでいた役立たずの、あれやこれやのなかでも」副支配人は怒鳴った。「おまえは世界最悪だ！　いいか、馘だぞ。馘！」

「わ――わかりました」

「それから」副支配人はドアに向かいながらわめいた。「もうひとつ。仕事にもどしてくれと泣きついてくるんじゃない――少なくとも一週間はな！」

思いだすかぎり、わたしはホテルにいた数年間で六回解雇された。その都度再雇用され、それも一晩のうちにということもあった。馘の理由は五回が飲酒、一回が客室での喫煙——いずれも重罪だ。しかるにホテル側は、なんとも些細な理由で解雇したボーイたちをすげなく追いかえす一方、わたしのことはふたたび雇用した。失敗とは、能力によってのみ埋め合わされるということなのか。〝切れ者〟は目をかけられ、なまくらなやつは何ひとつ手にできない。

これはすべて間違いだったと、いまのわたしは確信している。頻繁に旅をし、外食する人間として、従業員が解雇手当をもらえず、雇用者への罰金も課され——ただ仕事に適さないからというだけで即刻解雇されてしまう日々のことを、わたしは熱い思いを胸に振りかえったりする。

19

ベルボーイとしてのわたしの給料は月に十五ドルとされていたが、実際に現金を目にすることはほとんどなかった。大半が罰金、クリーニング代とプレス代、保険料などに消えた。稼げるのはチップで、一晩で実質ゼロから五十ドル近くになることもあった。

駄目な夜、たとえばパーティが一件もなく、客がいない日曜日は一ドルにも満たなかったりした。しかし、調子のいい土曜日や賑やかなコンベンションの開催中には二十五、三十五、五十ドルかそれ以上でも、造作なく懐に入れることができた。というか、世渡りの知恵を身につけてからは楽だった。仕事をはじめて一週間は、煙草代と交通費もろくに稼げなかったのだ。

通常時には夜勤につくベルボーイは二名しかおらず、永遠にチップなしというホテルの〃ただ働き〃を除けば、仕事がないことも多かった。わたしの最初の仕事仲間は四十代の〃ボーイ〃で、彼はこちらの無知をいいことに〃ただ働き〃をやたら押しつけてきて、儲けのある〃ベル〃の仕事はほとんどまわしてくれなかった。

彼はベルキャプテンの電話で呼出しを受けても、こちらにはそれとは言わない。間違い電話だったとか、客が郵便のことを訊いてきたなどとうそぶく。そうして四つ、五つと用件を溜めてから、出向いて一度に片づけてくる。空の部屋にはわたしを行かせ、金にならないとわかっている呼出しを受けさせておいて、自分はおいしい仕事を総取りする。

こんなことがつづいて一週間、ぺリーまたはペリカンと呼ばれていた男のことがわかってきて、わたしはやられた同じ手口で報復した。そして訴えた。あんたが騙してきたようにこっちも騙したら、結局どっちも儲からないだろうと。だが、ペリカンはこれをわたしの弱気のしるしと受け取った。わたしに向かって、おまえさんもせいぜいやってみるがいい、そしたらおれのほうが相当上手だってわかるぜ、というようなことを言った。

われわれ夜勤のボーイには鍵棚を掃除したり、郵便物を仕分けたりといったデスク裏の雑事がいろいろある。で、ある朝三時ごろ、わたしはとある一室の棚から伝票を抜き出すと、中二階の内線電話でペルを呼び出した。

女性の高い声色を模し、部屋の窓があかなくなったのでベルボーイを助けによこしてくれと言った。

ペルは伺いますと答えはしたものの、疑っているはずだった。中二階の手すり越しに、ペルが棚のほうへ急ぎ、わたしが指示した番号の伝票がないことを確認して、勝ち誇ったようにうなずくのが見えた。部屋は明らかに未使用、と本人はそう思いこんだのだ。実際には無愛想では一、二を争う、口やかましい常連の老貴婦人が宿泊していた。

ペルはベルキャプテンの電話をつかんで部屋に連絡を入れた。わたしは這うようにして階段を降りると、こっそり鍵棚に回りこみ、請求書を元の位置にもどした。そして背後から、ペルが〝わたし〟を名指しする声を聞いた。

「おまえを探してたんだぞ」とペルは話していた。「いつまでもそのしわがれ声のしゃべくりをつづける気なら、いますぐおまえを取っ捕まえてやる。おまえの悪だくみを暴いてやる。おまえの尻尾をその食いしばった口から引っぱり出してやる。誰と話してるかって？　なに、おまえは間抜けでのろまな婆さん詐欺師で、おれ――おれは――」

ペルは振り向いてわたしのことを見た。その顔にまごうかたなき恐怖の色がひろがった。

「お、おまえ」彼は口ごもると、ふるえる指をわたしに向けた。「まさか、お、おまえ――」

「はい？」わたしはにんまりしてみせた。「だから言ってるじゃないですか、ペル、おたがいをペテンにかけるのはやめようって」

ペルは受話器を叩きつけ、回線を通して洩れてくる甲走った怒声を消した。そしてふたたび受話器を取ると、夜間の交換手にあわただしく指示を伝えた。いまのはホテル外の誰かもわからない者からの電話だと伝えてくれ。それを信じさせたら、五ポンド入りのキャンディボックスを買ってやると。

で、交換手が客に話を信じこませ、ペルは注意力欠如による懲罰をまぬがれた。しかし、彼が二度と呼出しでわたしを出し抜くことはなかった。わたしたちはすっかり意気投合し、ペルがホテルから文字どおり追い出されたときには、わたしもずいぶん落ちこんだものだ。あれは悲しい出来事だったが、あのとき目撃したものはいまだに五指にはいる傑作だと思っている。

ペルと、当時客室係だったミスター・ヘバートはひどく反目しあっていた。ペルは辞めるか日勤に異動すると絶えず口にしていた。同じくヘバートも絶えず、ペルを馘にするか異動させてくれと公言していた。だが、そのどちらも実現しなかった。ふたりはむしろ同じシフトのままでいることを選び、話をややこしくしていた。

権力があるぶん、ヘバートのほうが有利に見えた。罰金を科すこともできれば、〝ただ働き〟を押しつけたり、従業員たちの前で罵倒しまくることもできた。が、そんな仕打ちをしながら、ペルを馘にまでする気はなかったのだから、ほかに打つ手もなかったのだろう。一介のベルボーイにすぎないペルのほうがいろいろ働けた。

ペルはとにかく話し上手で、気の短い狷介な客に巧みに取り入る天才だった。自分が〝心から尽くしている〟方が、ないがしろにされるのは見ていられないという思いを相手に植えつけておき、そこでおもむろに、あなたは通常の倍もする料金で最悪の部屋をあてがわれていますよと仕方なさそうに白状してみせる。

「ここは死人部屋と呼ばれてるんです」とペルは言う（彼の十八番の嘘だった）。「たしか壁紙に病原菌のようなものがいて、そのせいでここにお泊りになる方はみなさん亡くなるんです。でも、あなたさまは、私がお伝えしたなんて口外されませんよね――あなたさまは大層ご立派な紳士とお見受けしますし、私も秘密をお話ししたからと、チップをはずんでいただこうとは思っておりません、ですが――」

この時点で、客はたいていペルに気前よくチップを渡して電話を取り、ヘバートに部屋を換えろと怒り心頭で要求する。当然ながら、ヘバートはその理由を知りたがる。ペルから秘密を守るよう念を押された客は説明を拒む。とにかく部屋を換えろ、いいか、いますぐだ、それといいか、値段はごまかさないほうがいいぞ。

顔を真っ赤にして取り乱し、いったいどうなってると声に出しながらも、ヘバートは客の男を納得させようと必死になる。だが、恐怖の〝死人部屋〟に倍の値段で入れられた男の猜疑心はなまじのことでは払拭できなかった。客との話がつくころには、ヘバートはいまにも独り言を口走りそうなありさまだった。顔から汗がしたたり、関節という関節がふるえ、目は血走っていた。

ペルは、背の高い大理石のカウンターの奥で、ヘバートはズボンをはいていないという噂を流した。デマは——客の性別や気質によって——嫌悪むきだしの表情、仏頂面、哄笑などの反応となり、客室係を狼狽させた。またヘバートがホテル内に娼婦部屋を設け、自分の〝元気〟を証明せんという殿方に格安で提供していると、まことしやかにひろめたのもペルだった。

「あいつは金のことなんて気にしちゃいません、ほら」とペルは言って聞かせる。「ああやって興奮するなんて輩がいるでしょう。でも、私がお伝えしたなんて口外しないでくださいよ——」

哀れ、ヘバートは降りかかってくる難儀の裏にペルがいると勘づいていながら、それを証明できずにいた。

もしもペルに、その才気に劣らない忍耐力があったなら、ヘバートを追い込むと公言していた目的を達成しただろう。だがヘバートは憔悴しながらも、狂気の一線を越えることは断固拒否していた。この膠着状態に業を煮やし、しかも成功に気を良くしていたペルは必殺の一撃を放とうとした。

副支配人がふたりいることはすでに述べた。ひとりはとびきり有能、きわめて地味のふたつを両立させようという垢抜けした風体の男。もうひとりがわたしを雇った〝もぐもぐ〟氏で、同じく優秀なホテルマンではあるのだが、感情の起伏が激しく欠点だらけで、己れが生業とするその不可思議な世界を映し出しているようなところがあった。

本来は心根がやさしく、いつも油断を怠らず、自分を利用しようという相手の喉元に飛びかかろうと身構えている。短軀で太鼓腹、うぬぼれが滅法強い——うぬぼれが強くて繊細なのだ。人懐こい笑顔をすぐに高慢な態度、または人を愚弄する際に付き物のしぐさと解釈する。そして、他人に狙われていると感じたときの怒りようといったら尋常ではなかった。

わたしはおそらく、彼とはじつにうまく付きあったはずだが、それはわたしたちが似た者どうしだったからである。

長勤の朝六時、通用口からはいってくる彼はプロのボクサーさながらに肩をそびやかし、寝起きのげっそりした顔に警戒の色を深く刻んでいる。しっかりと、それでいて隙も見せない足取りでロビーを横切り、大理石の長いカウンターの端で足を止めると、持ち場についたわたしを見てからゆっくり横を向く。やおら美しいホンブルク帽を取り、わたしに向かって内気そうに突き出す。

「おあよジム」彼は唸るように言う。

「おあよっす」わたしが唸りかえす。

「そだあれてる」

「一晩うってまった」

「そうか」

「あい」

ふだんはここで彼が振り向いて顔をしかめ、わたしもお返しに顔をしかめることになっている。でもたまにむこうの気が向くと〝会話〟はしばらくつづき、不明瞭にますます拍車をかけた問答はやがて意味がまったく通じなくなってしまう。

朝食をすますまで、彼が話しかける相手はわたしだけだ。可哀そうなヘバートが明るい大声で「おはようございます」と叫ぼうが、厭そうに睨みかえされるだけだった。

朝食後、ロビーにもどってきた副支配人は、夜間の出来事についてヘバートから簡潔な報告を受ける。そしてまた帽子を取り、ホテル外部の点検をおこなう。手順はいつも同じだった。当人もいつも同じ、うぬぼれ屋で繊細で短気だった。つまりヘバートを狙ったペルのたくらみはそこを材料にしたのである。

夜勤では書類仕事が山ほどあるので、ヘバートは承認が必要な無数の送り状や料金票に、自分の名前を入れたゴム印を使って対応していた。ペルはそのゴム印の印章を手に入れ、それを複製したものを携えて仕事に出た。そして……

激しやすく疑り深いチビの副支配人は、いつもの朝にもまして機嫌が悪かった。わたしに向かって唸るでもなく、例によってしつこく陽気な挨拶をよこすヘバートを殺しかねない雰囲気だった。肩をそびやかして拳を握り、コーヒーショップにはいっていった。

ペルはわたしの指からホンブルクをひったくると、鍵棚の裏へ行った。わたしはすぐその後を追ったが、ペルは早くも破壊行為を開始しており、それを妨げたところで詮ないことだった。その場に立ちつくして、上等なシルクの裏当てがひどいことになり、副支配人の帽子に〈E・L・ヘバート〉のスタンプが押されるのをじっと見つめていた。

「よし」とペルは言った。「おまえとおれはここを出たほうがいい。もぐもぐ親父が帽子を探す現場にいたくないからな」

「そうだね」とわたしは答えた。

わたしたちは中二階の、ヘバートが働いている会計ブースの真上に隠れた。たまにヘバートがゴム印を押す音が聞こえた。もどってきた副支配人は短いやりとりをしたあと、ペルとわたしが近くにいないので、ヘバートに帽子を取ってくれと言った。

「かしこまりました」とヘバートは答えた。そしてゴム印を手にしたまま、鍵棚の裏へ行った。

ペルとわたしはロビーに降り、ペルは正面階段のそばに、わたしは裏手に回った。わたしはできるだけ目立たないようにしていたが、ペルは副支配人が待つ窓辺から至近の前柱のあたりに立った。

ヘバートがうやうやしく、置いてあったとおりに山の部分を上にして帽子を持ってきた。そして窓越しに差し出した。

「あいがと」副支配人はつぶやくと、帽子を頭に持っていこうとして、ふとその手を止め、目をむき出した。「なんだ！」ものすごい形相でヘバートを睨みつけた副支配人が、およそ人間のものとは思えない唸り声を発した。

ヘバートは不安そうに微笑した。「どうかなさいましたか？」

副支配人はそれに答えなかった。ヘバートのネクタイをつかみ、窓から上半身を引きずりだすと帽子で叩きはじめた。

客室係は呆然とするばかりだったが、副支配人の攻撃をそそのかしたのがペルではないかと疑うだけの正気は残っていた。彼はこのベルボーイの襟首を取って喧嘩に引きこんだ。一発殴られるごとにペルにも一発お見舞いして、ペルはというと、ふたりの男と揉みあいながら笑いがおさまらず、されるがままでいた。

副支配人は標的をヘバートに絞り、ペルを突き放そうとした。が、ヘバートはペルにしがみついた。ペルはもみくちゃにされ、ヘバートめがけたパンチと自分に向けられたパンチの両方を食らった。そのうちに乱闘は激しさを増し、ペルのポケットからスタンプ台とゴム印が飛んだ。

息を弾ませた副支配人がヘバートから手を放し、ペルを捕まえようとした。「のやろ！」と怒鳴りたててペルに躍りかかった。すばやい身のこなしだったが、それほどすばやくもなかった。

わたしが最後に見たペルは、階段の裏手へと駆けていく後ろ姿で、副支配人がその背後から逃げる尻に向けて、三歩ごとに足を蹴り出していた。

20

数年まえ、昔いっしょに働いていたボーイ――むろん、すでに一人前の大人であるが――に会った。彼は南西部の大都市で自動車販売代理店のオーナーになっていて、わたしもささやかながら成功を味わっていた。わたしたちの会話は自然、ボーイ仲間でその後も馴染みがあった連中のことにおよんだ。

誘拐事件の容疑者となり、逮捕時に抵抗してFBIに殺された者がひとり。金庫を爆破しようとして、ひどい障害を負った者がひとり。若くして自殺した者がふたり。サルバルサンを服用しすぎ、苦痛の発作のなかで舌を嚙み切り、自分の血で息を詰まらせた者がひとり。

あまり愉快な光景とはいえないが、これはほんの一部にすぎない。ほかに知り合いだったボーイには有名な地質学者になった者、医者になった者、聖職についた者もいる。あとふたりは大ホテルの支配人になった。

「なんだかんだいって」友人は言った。「うまくいったやつも、だめだったやつもいるってことだな。どこの業界も割合は似たようなもんじゃないかな」

「たしかに」わたしは相づちを打った。「割合は同じだ。しかし、別の業界の一部で極端にちがってくるなんてこともないだろう。たとえば同じころに働きはじめた食料品店の店員でも、文書係でも、ガソリンスタンドの店員でもいい。出世するやつもいれば、しないやつもいる。でもその落差は小さくないし、生易しいものでもない。五人が悲惨な死に方をすれば、別の五人は案外大物になったりするんだ」

わが友人は物思わしげに眉根を寄せた。「まあな」そしてためらいがちに、「仕事っていうのは、そんなもんなんじゃないか？　中間なんてなくてさ。やるかやられるかでね」

「そんな気がする。いいこともあれば、ひどい目にも遭う」

「おまえはどっちだった？」

「そうだな」わたしは言った。「このとおりさ」

何かを追い求めようとすると、傍で誘惑が待ちかまえている。誘惑とはつかみかかってくるものではなく、手招きしてきて、通り過ぎれば消えてしまうものだ。けれども、わたしの高級ホテル時代はちがった。誘惑は追いすがってきて、事あるごとに目の前に身を投げ出そうとする。で、逆説的にいえば、誘惑に屈することは報酬を、抵抗は罰則を意味することが多かった。

ホテルで働く従業員は客のために働いている。その稼ぎ、すなわちホテルの仕事とは、客の善意の上に成り立っている。だとすると、裕福な酔客に勧められた酒を断わっていったい何の得があるのか。いとも簡単に機嫌をとれる美しい金持ち未亡人を、どうして冷たくあしらうのか。そもそもこの人たちというのは？　成功や行儀作法のお手本とされる、その彼らが間違っているなら、いったい誰が正しいというのか。

富を持つ人間や、金を崇拝することを徹底的に蔑んでみせるという不健全な風潮があった。金がやたらに幅を利かせ、人など無意味だというのである。

無茶苦茶な基準と誘惑が付いてまわる世界にいれば、とかくボーイは深刻かつ長期にわたるトラブルに巻きこまれる。そんな世界で生き延びていくには、大いなる幸運に恵まれ、しかも本人は相当な知性を具えていなければならない。だが、それよりまず〝ものにする〟能力、つまり避け得ない異常なものに吸収されず、吸収する力が求められる。簡潔にいえば鋭いユーモア感覚が必要だった。

それがあれば、まずは大丈夫。傷つくどころか、ホテル業はたいへん有益なものになるだろう。

ビジネスや友愛組合の大会が開かれる期間は、俗に言う少年と男の差がはっきり現われる時期だった。均して月に二度現われる客たちのことを、わたしは喜びと恐れの入り混じった思いで見つめるようになった。彼らは大金をもたらすが、一方で神経を擦り減らして疲労困憊する原因も持ち込んでくる。ホテル業における不調和や矛盾は十倍以上にふえる。

大会が開催される一日かそこらまえには、腕利き連中が街に流れこんできた。プロのベルボーイ――男――たちが、大会で稼ごうと国じゅうからやってくるのだ。彼らは万事心得て事をはこんでいく。それを役目にしていた。

ベルボーイは働く許可を得るかわり、キャプテンに毎日の〝税金〟や〝手数料〟を払う。大会めあての腕利きたちは、そのほか自分たちの職も金で買っていた。石油関係の大会を例にとると、四日間の仕事が二百ドルに足すことの税金一日あたり十ドルで売られていた。

仕事を売るのは連邦法違反で、そうした金の流れについてはデリケートな問題であるだけに、わたしには答えることができない。だが腕利きたちのなかに、ベルキャプテンによる仕事の分配に関して経営側に訴え出て、それで成功したという者はひとりもいないだろう。あるキャプテンはわたしに、連中は「上がりの三分の一が手元に残ってほんとにラッキーだった」と話していた。

腕利きたちが金を払って手に入れるのは、ホテルで働ける許可だけだった。解雇されない保証もなければ、ホールに出て三十分後に逮捕されないともかぎらない。仕事の制服が手にはいる――手放さずにいられる――という保証もない。これは常勤のベルボーイとの間で解決しなくてはならない難問だった。

制服は二十五着しかなかった――が、大会期間中のベルボーイの数は四十名にのぼる。腕利きたちは荒っぽく、常勤のボーイにしても臆病者ではない。ゆえにシフトの交代をきっかけに、同じ一着の制服をめぐってボーイ三人の争いが勃発した。

ロッカーは荒らされた。テーラーショップの店員は脅され、買収された。ボーイたちは足を引っかけられて倒され、制服をむしり取られた。ロッカールームにはいるには戦う覚悟が必要だった。

起きるのは制服をめぐる口論ばかりではなかった。嘘の呼出しなどは日常のことで、それが気に入らなければ対処の仕方は決まっていた。

あの喧嘩の数々。奇妙でいて、恐ろしいほど魅惑に満ちた出来事だった。

闘いをはじめようとする者は、先に制服を脱いで安全な場所にしまっておく。そして言葉もなく、前置きもなく喧嘩がはじまる。ルールは顔を殴らないこと。股間に膝蹴りは問題なし。足の甲への蹴りも、腎臓を切り裂くパンチや心臓を麻痺させる一撃も問題なし。だが顔はけっして傷つけてはならない。

闘う本人たちは混雑したロッカールーム内を、ひげをあたるボーイの前を過ぎ、おたがいの襟を留めあおうとしているふたりに割ってはいりしながら動いていく。気にする者はいない。嘴をはさもうとする者もいない。みんな、自分のことにかまけて精一杯だったのだ。

総じて腕っぷしは並はずれたボーイたちで、他人に知られていない卑劣な手口には疎い連中なだけに、闘いは双方が歩み寄るようなかたちで終結したりする。もう出し抜かないと同意したり、制服や勤務シフトを共有するというあたりで妥協が成立する。いつもではないが、そんなことが多い。腕利きたちが乗りこんできて、必然的に常勤者が追い出されたりもした。

誰もが他人を目の敵にしていた。誰が何をしようと満足する者はいなかった。大会が終わるころになれば、稼いだ現金がしめて数千ドルになることはベルボーイ全員が知っていて、みんなそれを欲しがった。一部ではなく、その全部を。そこで、ロッカールームでは二十四時間休みなくダイスゲームが開帳された。わたしが目撃した大勝負のうち、いくつかはこの場で起きたものだ。

ゲームがひたすらつづくなか、負けたプレイヤーが抜けて一時間ほどベルの用事をこなし、ふたたび出番がめぐってきたらゲームに復帰する。取るか取られるかの勝負だった。勝ち逃げは許されない。抜けざるを得ないとなると、勝ちはキャプテンに没収される。

この〝総取り〟方式の勝負というのは、得てしてとんでもないことになる。四十人が参加すれば、最終的な勝者になるオッズは四十対一。が、わたしの金は、本来おさまるべき自分のポケットに残りやしなかった。

わたしが参加するのは夜で、着換えながら金を賭ける。すぐにすってしまうこともあるけれど、そこではけっこう勝った。五百、千、千四百、千五百。でも抜ける時間が来て、勝ち分をキャプテンに預ける（キャプテンというのは、出入りする際にはしっかりとエスコートが付くものなのだ）。

大会の終了を受けた最後の勝負で、たまに二、三千ドルを〝突っ込む〟こともあった。そして幸運に恵まれた最後のひとりとなり、ささやかな財産とともに引退する己れの姿を思い描いたりした。だが、〝しみったれた賭け〟は認められなかった。相手の要求に応じて金を張るわけで、その額はいままで儲けた全額ということが多かった。大枚を握って参加していた連中がそこに上乗せして、賭け金はあっという間に二倍、三倍に吊りあがる。そうなると――まあ、わたしなどは――勝負から締め出されてしまう。言うまでもなく、毎回そうだった。

とはいえ、アリー・アイヴァーズと気脈を通じていたおかげで、わたしはこれらの勝負でさほどの痛手をこうむらずにすんだ。一時手にした数千ドルをそのまま持ち出すことはなかったが、〝鼠の穴〟を通す方式で――つまり十ドル、二十ドルをこっそり握って――数百の儲けを出したりはした。

巡回中の警官がこのサイコロ賭博に気づき、しばらく見物していくことがあった。概して彼らは、わたしの知る警官たちの例に違わず、安い給料で報われない仕事に励む正直な好漢たちだった。だが例外もあって、レッドと呼ばれていた警官は寄り目の大男で、明らかにその地位を隠れ蓑にしていた。

ギャンブル浸りで損をしてばかりのレッドは負けた額をごまかし、ゲームに不正があるとこぼした。勝負にもどろうと、まわりに数ドルをせびった――翌日が期限の借金は返ってきたためしがない。ボーイたちは皮肉まじりの悪態をつき、レッドが賭けようとする額には鼻で笑って応じなかった。それでもレッドは泣きを入れたりぼやいたりと、侮辱を吸わない海綿さながらに粘った。

レッドは、ベルボーイの仕事をはじめて一年あまりのわたしに十ドルをせびってきた。わたしはくたばれと答えた。より正確には、利子にナイアガラの滝を付けられたって、靴下の汗の一滴も貸さないと言った。

「冗談じゃない！」わたしの声は怒りでふるえていた。「いったいどういうことなんだよ？　あんたは警官だ――まともな人間だろ。それがこんな場所に出入りして、よくもベルボーイに物乞いができるな」

「おい、待て」レッドはすこしもあわてず言い募った。「十なんてはした金だろ？　たんまり儲けてるんだから」

「ぜんぜんさ。五、六ドルのうち五十セントはもうたかられた。ほかをあたってくれ」

「返すから。明日いちばんで」

「嘘つけ」

無視して着換えをつづけていても、むこうはあきらめない。サイコロに金を賭けたいわけじゃないんだ、と言った。自分が欲しいんじゃない。女房と赤ん坊のために、薬と食料を買わなくちゃならないと。

「女房と赤ん坊？」わたしは言った。「結婚してるとは初耳だよ」

「してるに決まってるさ。もうずっとな。なあ、ジミー。こんなことは訳もなく頼んだりしないって」

「でも」わたしは腰が引けていた。「こっちだって、面倒をみなきゃいけない家族がいるんだ。かならず返してくれるんなら――」

「約束する」レッドはすかさず言った。「警棒をかたにして預けようか。あれは優れもんでね。あいつがないと、おれはろくに仕事をこなせない」

「わかったよ。間違ったことをしてるような気もするけど――」

わたしは十ドルを渡し、レッドの警棒をロッカーにしまった。

翌日の夜、仕事に出てみるとロッカーは壊され、警棒はなくなっていた。

控えめに言って、わたしは気分を害した。だが、明るい希望もあるにはあった。レッドが犯人なら、ホテルには当分寄りつかないだろう。

これでレッドの泣き言、繰り言とは無縁の夜をすごせるじゃないかと思いながら服を着換えていると、ロッカールームのドアが開いて当の本人がはいってきた。思いっきりにやつきながら。手首に警棒がぶらさがっていた。

「あの警棒はな、署の仲間が予備に持ってたやつでね。もらったのさ」

「へえ」わたしは言った
「だから、あれは持っててもらっていいぞ」

「わかった」

「気にしないでくれよな」レッドはにやりとした「それでいいだろ?」

「よくなかったとしたら?」わたしは言った。

「なんだ?」レッドはくすくす笑った。「としたら、だと?」

彼はおおっぴらに笑いながら出ていった。わたしは着換えをつづけた。あの高笑いを聞くために十ドル払ったわけだから、好きにならざるを得なかった。これまではその気になれなかった。

この話は夜勤でいっしょになったアリー・アイヴァーズの知るところとなった。レッドに恩を仇で返されたと言うと、アリーは血相を変えた。

「まさかこのまま見逃してやるつもりじゃないだろうな?」アリーは声を荒らげた。

「笑って許すなんて言うんじゃやない!」

「ほかにしようもないだろう？」

「やつの時計を修理してやるんだ！　この世に生まれたことを後悔させてやるぞ！」

「でも？　どうやって？」

「おれが策を練る」とアリーは請けあった。

アリーはその晩のうちに策を練った。わたしは彼の作戦に半信半疑で耳をかたむけた。

アリーの本気を確信できずにいた。

「冗談だろう」わたしは無理に笑った。「そんなことできるわけがない」

「できるさ」とアリーは言った。「おれの知り合いのこの娘がやつに粉をかけて、逢瀬の約束をする。彼女は、夏のあいだ閉鎖されてるホテルの部屋番号を伝える。やつがここに来たら――おまえは黙ってやつを上へ行かせるわけだ――そこでおれの出番さ――」

「だけど――警官だぞ！」とわたしは反論した。「いいか、アリー――そんな真似をする相手は警官なんだ！」

「やつは警官じゃない。制服を着てるから警官ってわけじゃない。第一、何が問題なんだ？　おれはおまえのためにやるんだぞ」

「でも――」

「信頼されてると思ったのにな」

「でも――」

わたしはまだ十七歳にもなっていなかった。そこで何を経験しようが、何に直面しようが、十七歳は十七歳なのだ。くわえて融通のきかない性分のわりに、深く根を張った劣等感にさいなまれていた。人から好かれたい欲求があり、好意を示してくれる相手に従わなくてはという思いが強かった。

だから、わたしはアリーの計画に同意した。二日後の朝の二時半ごろ、ロビー側の出入り口から、レッドがわたしをこっそり手招きした。

わたしは表に出た。レッドは十ドル紙幣をわたしの手に押しつけた。

「ほんの冗談のつもりだった」と、親しげに肋をつついてきた。「いいか？　これでまた友だちだな？」

「何が望みなんだい？」

レッドが口にしたのは――もちろん、こちらが了解していることだった。すると不意に別人がしゃべりだしたかのように、自分が拒否する声が聞こえてきた。

「上に用はないはずさ。用があるやつなんていない。あそこの部屋は閉鎖されてる。

この時期は暑すぎて泊まれない。だいたい寝具は入れてないし、電話は通じないし——」

「だからどうした?」レッドはわたしの腕を荒っぽくつかんだ。「おれにそんな口をきくな! こっちはこの街で顔が利くんだ。おれをコケにする気なら、おまえを居づらくしてやってもいい」

「わかったよ。あんたがそうしたいなら」

裏の入口にまわったレッドを、わたしは業務用エレベーターで上階まで運んだ。レッドはわたしの後から廊下を小さな法廷まで進んだ。そして、小馬鹿にしたように顎をしゃくってわたしを遠ざけると、ドアをノックした。ドアが開き、レッドは暗闇に足を踏み入れた。

鈍い打撃音とともに呻き声がして、ドアはふたたび閉じられた。

わたしは奥の階段の降り口に退くと、緊張しながらアリーを待った。まもなく現われたアリーは、レッドのズボンを焼却炉へつづくシュートに放りこんだ。同じく部屋の鍵も捨てた。

「万事順調さ」とアリーは自信たっぷりに言って、わたしをエレベーターへと促した。

「怪我ひとつさせてない」

「でも、アリー――あいつはどうなる?」

「さあね」アリーは楽しげに言った。「あの部屋にずっといれば、汗をかきすぎて死ぬだろうな。それもいい厄介払いだ」

「でも――」

「はいはい」アリーは考えこんだ。「たしかに大問題だな。助けを呼べない。電話は使えない。非常階段を降りられたとして、そこからどこへ行く? なにしろズボンが――」

「アリー」わたしは言った。「思いだしたんだ。あっちの部屋は水道が止まってる。こんな天気のなかを、水なしで放っておけないよ」

「水はたっぷりあるさ。トイレの便器にけっこう溜まってた」

あの部屋で二日間をすごしたレッドの苦しみなど、わたしにくらべたら何ほどのものでもないだろう。わたしは恐怖と不安で吐き気をもよおしていた。二日目の晩にはとうとう、レッドの監禁を終わりにしようと主張した。

アリーはレッド本人がその気になれば、いつでも部屋を出られると言った。誰かが気づくまでドアを叩きつづければいいのだと。

「でも、そんなの無理だよ! だって、どうやって――」

「そうだな」

アリーには、レッドが喉の渇きと暑さと空腹で捨て鉢の行動に出るところまでは腹積もりができていた。が、神経衰弱になりかけたわたしを見かねて譲歩することにした。

わたしたちはデスクから合鍵を、洗濯室からポーター用のズボンをくすねた。翌朝早く、夜勤が終わる二時間ばかりまえに上階へ行った。

ドアは外から施錠されたままだった。わたしたちは慎重に鍵をあけ、なかを覗いて部屋にはいった。

レッドはいなかった。

非常階段を使って脱出したのは明らかだった。しかし、そこからどうしたのかは、わたしにはわからない。夜の路地を這いつくばって歩き、タクシーを止めたのかもしれない。それとも階段を昇って別の部屋へ行き、宿泊客の服を拝借して出ていったのだろうか。ホテルからの脱出方法は、わたしにはわからない。とにかくレッドはそれをやってのけた。

アリーとわたしは、レッドが警察を馘になったことを知った。無断欠勤をとがめられたらしい。だが、ほかの警官たちが見せる朗らかな笑顔や目くばせは、解雇の原因がひとつではないと語っていた。果たしてレッドはズボンを脱いだ姿で逮捕されたのである。

その結果、彼は解雇されたばかりか、街から〃流れていく〃はめに陥ったのだろう。

「さしずめ浮浪者だな」とアリーは言った。「で、そのどこが悪い?」

21

爺――祖父――はよく、無一文はそんなにひどくないが、無一文になるのは本当に地獄だと話していた。ほんの一時の上り坂と延々つづく下り坂という、父の没落を目のあたりにして、わたしは爺の哲学にあった苦い金言をかみしめることになった。

空井戸を四本掘った父は、油田用の機器を担保に資金調達をして、掘削を請け負うようになった。最初の掘削で成功し、二番目の契約もうまくいった。だが三番目で赤字がかさんだ。地下数百フィートでドリルが花崗岩に突き当たり、貫通不能に近いこの岩盤のせいで、一ヵ月で終了するはずの油井掘削に一年を要したのである。当初の儲けと掘削器具をすべて失った父は、千ドル単位の借金をかかえることになった。

わが家の車は売却され、家と家具は抵当にはいった。父はより小型の装置を借りると、枯渇した油井からパイプを引き抜く事業に乗り出した。しかし、軽い成功にとてつもない失敗というサイクルは相変わらずだった。ふたつの仕事で金を稼ぎ、三つ目の仕事では収支がとんとん、四つ目で事業から撤退して父の信用は地に堕ち、借金はかつてないほどふくらんだ。

父は装置（油井櫓）の設置という、手工具と労力だけが必要な作業を請け負うようになった。そしてここでようやく上がり目が見えてきた。どの契約でも取れるだけの金を搾り取った。仕事は自分で差配して、厳しい労働を己れに課した。

だがすでに父は年をとり、過酷な労働に前のめりになるのは難しい年齢にさしかかっていた。どの仕事でも金は稼いだものの、けっして大金ではなかった。投資するのが時間と経験ばかりでは、収入はそれなりにしかならない。大金を手にするには一括方式で請け負う必要があった――つまり、労力とともに資材の一切を供給するのである。それをやれば一組ならず一ダースもの建材を仕入れて、全体の利益を大きくすることができる。むろん正確に計算したうえで、なにも問題が起きなければの話だが。

そこで父はすべてを一括請負契約のためになげうった。見極めもよく、期限より早く完成させた。通知を送った発注者からは祝意の電報が届いた。発注者は翌日、仕事の出来ばえを点検しにくることになった。

で、たしかに発注者は現われた。だが日が明けた当日は点検すべきものがなかった。史上初の竜巻が現地を襲ったのだ。木っ端微塵にされた櫓は、郡の半分もの面積にまき散らされた。

資本と信頼をなくした父はリース業者になった。というか、当今の軽蔑的な言葉を使えばシラミ貸し、すなわち油田賃貸業者になった。石油の出る田舎の街で、そんな輩は大勢いた。いわば仲介の仲介――契約の当事者からはるか遠くに存在する、契約者が誰かも知らないような男たちである。

ある人間が短期の賃貸権を手に入れたとする。すると別の人間が手数料を取り、(確認のための)掘削仕事を引き受ける。その男に資産はないが、資産を持つ別の知り合いがいる。そしてその知り合いの男が、一部現金払いの利子付きで掘削を請け負う人間を知っている誰かの知り合いで、この一部現金・利息払いの男が、現金・利息払いで働く労働者を手配する知り合いの知り合いで――

もうやめよう。現実は語るほど楽しくはない。

ときに契約の末端まで行くあいだに、数千ドルが何十人もの〝シラミ〟にたかられ、分配されていく。かといって、大当たりの契約というのも稀だった。ケチなブローカーの手から手に渡るたび中抜きされていけば、つまりは金もどこかで消えてなくなる。

フォートワースあたりで流行っていた笑い話に、一ダースの別人だった〝一匹のシラミ〟というのがある。短期の賃貸権を行使しようとした男が、それを進めるなかで面倒に気づき、あわてて知り合いの知り合いの関係に話をもどした。何週間にもわたって必死の努力を重ねた結果、初めての契約が実を結ぶかに見えた。契約の当事者、準当事者、準々当事者が男の事務所に集合することになった。彼らの到着を待つ男は、この狭い一室に全員がはいりきらないのではないかと気を揉んでいた。

顔合わせの時刻が来て過ぎた。数時間が経ち、陽が落ちるころになってもシラミはひとりきりだった。やがて、彼の頭に悲劇的かつ喜劇的な真実がきざした。誰も姿を見せないのは、すでに〝全員〟がこの場にいたからだった。

わたしがこのジョークに大笑いできなかったのは、父がそうしたシラミだったからである。父は小さな事務所を引き払い、外で動くようになった。ある朝、わたしは父に向かって朝食を付きあってくれと言った。

父はわりと冷静だった。しばらくは、わたしにたいしてよそよそしい態度をとっていたのだ。当初、父はわたしがホテルで働くことに頑として反対していた。それが自身の仕事がさらに傾いていくとともに、わたしの稼ぎが家計の維持に欠かせなくなった。父の態度は変わった。もはや反対しなくなっていた。

思うにわたしは父の目に、家における父の立場を侵害しているように映ったのだろう。

そのことはわたしにも、おそらくは父にも、いかんともしがたい事実として存在した。わたしは自立していた。つまりはそういうことだ。

わたしたちは父と息子というより、おたがい他人行儀に接していた。

というわけでその朝、レストランのブースで向かいあったわたしたちは食事をつつきまわしながら、ごく短い言葉を交わした。そして何度も切り出すのをしくじったすえに、わたしはようやく胸にしまっていた話題を口にした。

「ホテルの宿泊客のことなんだけどね。その人、チェックインしてからの行動がどうもおかしいんだ。ぼくが見てないと思うとこっちをずっと見てて、何かと理由をつけて話しかけてくる。あれこれ詮索するんだ。それでゆうべ、部屋に煙草を持っていったら、むこうから話をされてね。事情がわかった」

「ふむ」父はうわの空でつぶやいた。「そいつは面白い」

「で」わたしは口ごもった。「ぼくの話っていうのは――ぼくが訊きたかったのは、L――って男を知らないかと思って」

「L――?」父は若干興味を惹かれたようだった。「そこそこ知ってる。ハーディング大統領の個人列車に、一昼夜乗り合わせたことがある」

「どうなったの？」

「わからない。彼はカンザスシティのさる企業の社長だった。ある晩、会社の資産を――現金と有価証券合わせて百五十万ドルあまりを持って姿をくらました。どうしてまた――？」

口をつぐんだ父の目が、不意に鋭さをたたえた。わたしはうなずいた。

「ここにいるんだよ、父さん。いま話題にしてるその人だ。あの人はいまでも金をほとんど持ってて、刑事免責を受けられればそれを差し出すつもりでいる。とにかく父さんのことを、ほかの誰より信頼してるんだ。なんとかならない？　だから――保証会社に手数料を払わせたりできないかな――？」

わたしはノーと言われると思った。父は厳格で何事にも筋を通そうとする男だった。だが弁護士として、そんな契約が日常茶飯事であることも知っていた。持ちかけられた取引きはまったくの合法だと答えた父は、わたしにも劣らないほど乗り気になっていた。

「部屋の番号は？　いますぐ電話をして話を――」

「もうチェックアウトしたよ」とわたしは言った。「ぼくと話してすぐホテルを出て、行く先はわからない。でも今晩会う約束をしてる。この取引きでぼくらはいくら儲かるかな、父さん？　五千、一万？」

父はやさしく笑った。「それ以上だろうな。交渉者の手数料は通常十パーセントで、たぶん保証会社はよろこんでそれを払うだろう。言い換えると、仮にＬ——の手元に百五十万ほど残っていれば、われわれの取り分は——」

「十五万？　すごい！」

わたしたちは数カ月ぶりに親しく話しこんだ。わたしは自分が相当強情で扱いにくいのにくわえて、酒の量が度を越している——その年齢の少年にしてはとんでもなく飲んでいると白状した。父は父でこれまでの行ないは慙愧に耐えない、心を入れ換えると宣言した。これからはふたりとも変わる。父は石油ビジネスでも安全で、それなりに儲けの出るところをやっていく。わたしはホテルを辞めて学校に専念する——とにかくハイスクールを出て大学へ行く。

父とわたしの間で、差し迫った取引きについて母には話さないことで意見が一致した。ろくに世馴れていない母は心配するに決まっている。

その夜の会合がうまく運ぶように、ふたりで手はずをさらった。そうこうするうち学校へ出るには遅くなり、わたしは家に帰った。

母はわたしにはつっけんどんな態度をとった。父とはちがって、家計に貢献しているわたしといえども、親の支配から逃れることはないのだと思っていた。母はわたしが学校へ行かずに〝街をほっつき歩く〟理由を知りたがった。息子の言い逃れにはまるで耳を貸さなかった。

母は話が尽き、わたし同様に疲れ切るまで小言をつづけた。寝ることにしたわたしは、母に仕事へ行くまえに見たいショーがあるので七時に起こしてくれと言った。

L――とは八時半に、ノース・トリニティ川に架かる橋の上で会う算段をしていた。むこうが車で拾いにきて、わたしが独りで安全とみなした場合、そのままフォートワースの繁華街へと流していく。九時半になって、L――の警戒心が解けたままなら、人通りのない場所で父を車に乗せる。そして弁護士と依頼人の誓約を交わし、そこから詳細を実行に移していくことになる。

で、母がわたしを七時ではなく、九時に起こした。学校へ行けないほど疲れているなら、遊びに出る元気もないはずよ、と母は言った。わたしが橋に着いたのは、猜疑心が強く、ひどく怯えていたL――との約束から遅れること一時間半の十時だった。

当然ながら手遅れである。わたしは仕事に穴をあけるのを承知で一時近くまで待ったが、ついにL――が現われることはなかった。その後、彼がどこへ行き、どうなったかは知らない。

わたしは失望に打ちひしがれ、父にはそれが痛烈な一撃となった。母はといえばまあ――わたしを二時間眠らせたことで、一分につき千ドル以上の損になったと真実を告げたところで、どうなるものでもないだろう。

平日は仕事から学校に出て、午後三時半まで授業を受けた。ベッドにはいるのがだいたい五時か六時で、時間どおり出勤するには九時半に起きなくてはならない。はっきり言って、ろくに睡眠をとれなかった。昼間に寝るというのは楽なことじゃなく、目が冴えているときにちょっと横になっても身体が休まらない。頭がくらくらするほど暑いテキサスの夏には、一睡もできない日が何日もあった。

とにかく頑健な血筋を引いたせいで、ほとんど眠らないというきびしい生活を二年あまりつづけても、まるで平気といった感じだった。だが、じつは身体にこたえていた。いつしか止まらない咳に悩まされるようになっていた。食欲もあまりなかった。飲む量がやけにふえ、客からおごられるただ酒ではすまずに自分で大量に買うようになっていた。しかも、痩せぎすの体形で気づかれにくいこともあったけれど、体重がどんどん減っていた。

十八歳の誕生日が過ぎ、ホテルで三年目を迎えたころ、これまで隠れていた病の兆候が表に出てきた。気づけば痩せているどころか、骨と皮ばかりになっていた。短時間ながらひどい振顫の発作に襲われた。咳はうつろに響く咳だった。病気ではないかとの思いに取りつかれると、ウィスキーをいくら飲んでもそれを払拭することはできない。

母と父からは、仕事を辞めてくれと泣きつかれた。わが家の置かれた境遇を思えば愚にもつかない提案で、そんな話には乗れなかった。

〃かなりまともなボーイ〃と思われていただけに、表向きは非情な経営側からも手を差し伸べられた。相当上の人間でないかぎり、わたしに罰金を科したり懲罰をあたえてはならないし、よほどの緊急時以外は残業をさせないという声がどこからともなく洩れ伝わってきた。さらには、夜に客のいない部屋で一時間ばかり眠っても、目こぼしされることになった。食べたい物があれば節度ある範囲で、コーヒーショップのシェフが無料で提供してくれるという。

わたしは彼らの厚意に、その本質的な価値とそこに表れた善意の両方にたいして感謝した。だが、それを享受して一、二週間ほどで停止を余儀なくされた。ほかのボーイたちが腐ってしまったのである。雇い主の反感を買って生きられたとしても、仕事仲間に嫌われてしまったら先はない。

友人の副支配人は感性が鋭い気分屋で、目に見えて寠れていくわたしに不安を隠さなくなっていた。わたしに帽子をわたすたび、彼はもじもじしながらわたしの具合を訊ね、のんびりやれと口のなかでつぶやいた。

「ベルの仕事から離れたほうがいい」ある朝、彼はそう持ちかけてきた。「別のところでおまえを試してみる」

こうしてわたしは試された。

夜間の会計補助、駐車係、レストランの会計係、電話交換手、エレベーター係、アイロン掛け、給仕長補佐とつづけた。しかし、結局はベルボーイに復帰した。

多くの仕事をやれてよかったと思っているし、実に貴重な体験をすることができた。でも健康は回復しなかったし、ほかの部署でこうむった経済的損失に甘んじるわけにもいかなかった。払いはそれなりによかったにせよ、ベルボーイの儲けにくらべると足りない気がした。それで、後ろ髪を引かれながら元の職場に舞いもどった。

わたしは自分がゆっくり壊れていくという奇妙な感覚にとらわれながら、数カ月をやりすごした。そしてあきらめの気分を抱えたまま、学校には真面目に通った。これが最後のチャンスだと自覚していた——学校へ行く最後の年になるだろうと思った。しかるべき学歴をいま手にしなければ、今後はもう無理だ。苦悩と失意の六年間が無駄になる。

春になると急に、かつてなく調子が上向いた。食欲も睡眠もますます減り、咳がひどくなって酒の量がふえていた。なのに気分は上々だった。心配事はひとつも思いつかない。疲れを知らず、心は冴えわたっていた。すっかり明朗で笑顔を絶やさず、つまらないジョークにも笑い転げてしまうようになっていた。

乱読はしていても、精神医学や異常心理学の分野には行き着いていなかった。それゆえ、わたしは自分の好調ぶりを多幸症——崩壊の前触れである偽りの上機嫌——のせいではなく、額面どおりに受けとめた。その感覚は、非常に進行したアルコール中毒の人間にはわかる。結核患者にも、ひどく神経を病んだ者にもわかる。これは健康の破綻という試練を前にした人間に、あらかじめ準備をさせておく自然のやり方なのだ。

理由はお祭しかもしれないが、三倍の準備をしたわたしの気分は三倍も上々だった。学期が終わる前週の金曜日の午後、わたしは自習室の入口で足を止め、室内にいた女の子に明るく声をかけると——ふと衝き動かされて——彼女のもとへ足を運んだ。

「元気かい、グラディス?」わたしは言った。「放課後も缶詰にされてる?」

「ううん」グラディスは恥ずかしそうに笑った。「みんな、卒業の準備で忙しいから、これを手伝ってほしいって」

グラディスは内気で野暮ったく、本に書いてあることはなんでも知っていて、それ以外はなにも知らず、この先もろくに報われない狭い世間であくせく生きていきそうな、地味を絵に描いたような娘だった。進級に励んでいた時期に何科目かでいっしょになり、違うタイプのはみだし者だったわたしでも、彼女には共感と同情を寄せる部分があった。というのも、引っ込み思案で気のいい性格だったから、なにかと押しつけられてばかりいたのである。学校の職員は、自分たちが給料をもらう仕事にグラディスを引っぱりこんでいた。

「通知表を書いてるのかい?」とわたしは言った。「こっちで成績を読みあげてやろうか? そのほうがずっとはかどる」

「そうね――」グラディスはまた声もなく笑った。「もしその気があるなら」

「これ以上の望みはないね」わたしは本気でそう言った。そして、机に椅子を引き寄せると彼女の隣りに腰をおろした。

わたしは成績簿を受け持ち、名前と評価を読みあげていった。自分のところまで来ると、わたしは勝手に最上級ということにして全科目に合格点をあたえた。

目を上げたグラディスが、かすかに顔を曇らせた。「わたし――その――知らなかった

――」

「なにを?」

「べつに。なんか、同じ学年なのに、全部の科目で先生がちがうのも変だなと思って」

「それは」わたしは肩をすくめた。「大きな学校だからな。ところでさ、この成績簿はけっこう傷んでる場所がある。新しく書きなおしたほうがいいと思うな」

わたしはファイルから十数枚を引き抜き、そこに自分の成績カードも滑りこませた。グラディスはいささか困った様子で、新しいカードにわたしが伝える情報を書きこんでいった。

わたしは自分の名前を口にした。クラスは――最上級、下期と告げた。履修単位を読みあげようとした。

ゆっくりとペンを置いたグラディスが、ふたたび視線を上げた。

「ジ、ジェイムズ、だめよ。あなたは卒業しないんでしょう? 卒業証書のリストはもう出来あがっているし、たしか、あなたの名前はそ、そこには――」

「ない。おれは卒業しないよ、グラディス」

「で、でも――」

「おれは卒業できる単位を取ってない。大学入学に必要な分だけさ」

「え、ええ、でも――」

「大したことじゃないだろう? おれは学校に六年通った。最上級ではめったに取れない優秀な成績をもらった。でも卒業はできない。大学へ行けるだけの単位しか持ってない――もしも行けるチャンスがあればの話さ。それがきみにとって大事なことか? やりすぎだって思うのか、グラディス?」

彼女はわたしのことをまじまじと見つめた。やがて、ゆっくり首を振った。

「ううん。やりすぎとは思わない」グラディスはまたペンを握った。

十枚以上のカードとともに、新たな一枚がファイルにくわわった。わたしはそれで一四・五単位を得た。卒業には一・五単位足りなかった。

古いカードはすべて帰り道に引きちぎった。

こうしてわたしのハイスクールは終了した。その直前に、大げさに言えば、わたしは終了した。

家に帰って一時間もしないうちに、わたしの好調は下水管の水のごとく流れ落ちていった。そして完全に空っぽの状態がしばらくつづいたあと、心臓がつまずくように駆けだし、鼓動の一拍がつぎの一拍に重なるほど早くなっていった。口から血を吹いたわたしは、痙攣に襲われて床に倒れた。

医者が来たことには気づかなかった。治療にあたった彼らは訝しそうだった。なにせ十八歳のわたしが、まさに神経衰弱で肺結核を患い、振顫譫妄の状態だったからである。

純粋なる医学的見地から、わたしは死んでおかしくなかった。むしろ、とっくに死んでいておかしくなかった。抵抗力が枯渇している感じだった。六フィートを超える身長に、体重は百十ポンドもなかった。しかも医者の見立てでは、この体重の大部分は瘢痕組織であるという。腎臓が傷つき、肋骨が浮き出ていた。頭蓋骨を三カ所骨折。初期のヘルニア。両肩の捻挫で、腕が関節窩におさまらない。拳は〝つぶれて〟、指の骨が折れていた。肉体的にまともなところはひとつもなかった。医者からすれば、病気と闘うすべがわたしには皆無だった。

さいわい、わたしは頑健な血を引いていた。両親の家系とも、祖先は強靱で挫けることを知らない者たちだった。イギリスからアイルランド、オランダへ、そこからアメリカに渡った祖先は、ペンシルヴェニアから西へと漂泊した。それがジョージ王戦争後のことで、彼らは西をめざすにつれ、強くたくましくなっていったのだろう。病気や怪我は邪魔物扱いで、そこに屈するのは弱腰とされた。無謀な死を遂げる者が多かった反面、老衰以外の病に斃れる者はほとんどいなかった。

というわけで、何カ月も寝たきりだったが、わたしは生きていた。生きようとする意志が体内に宿っていたのだ。頑固が過ぎて死ねなかった。

わたしの病気と、それに起因する財政危機には明るい面もなくはなかった。家族はずっと先延ばしにしてきたことをやむなく実行に移した。家と家具を捨て、労働者階級が住む地区に家を借りた。おかげで、苛酷な利子の支払いから解放されると同時に、知人との間で無理に〝顔を立てる〟理由もなくなった。

家計は以前にくらべて半分でまかなえた。強突張りの債権者たちとすっぱり縁が切れた。気苦労が減った父は、より自由に動けるようになった。父がさっそく結んだ数件のリース契約は、小さいながらも家を維持していくのに充分なものだった。

四カ月もの回復期を経て、わたしは起きて動けるようになり、自分の面倒は自分でみられるようになった。だが衰弱はひどく痩せ細ったままで、医者はわたしの肺の状態に満足しなかった。低くじめついたフォートワースの気候では、元通りにはならないという診断だった。乾いた高地に行けば、それだけ早く良くなる。

そしてある朝早く、わたしはフォートワース郊外のハイウェイの縁に立った。片手の親指を立て、反対の手で小さな包みを抱えていた。その中身は着換え、歯ブラシと剃刀、安物のメモ帳と鉛筆。それでほぼすべてだった。

車が停まった。運転手がドアを開き、わたしは車に乗った。

「行く先は、坊や?」

「西」とわたしは言った。

「どこまで?」

「ずっと先。よくわからないけど」

「職探しか? 何の商売をやってる?」

「物書き」と答えたわたしの声がうわずった。「物書きです!」

「そうか」運転手は愛想よく言った。「なるほどな」

ハイウェイを疾走するわたしたちの背後に、暖かく心地よい太陽が穏やかに昇っていき、西へ向かうアスファルトの長いリボンを銀色に燦めかせた。


わたしはテキサス西部と極西部で三年をすごした。宿無しで日雇いを皮切りに、その後は渡りだったが溶剤をあつかう作業員になった。最初は傍若無人の最たる連中が住む、世界にも稀な荒んだ地域だと思った。留まったのは、そうせざるを得ない厳しい現実があったからにほかならない。だが時が経つにつれて、あの広大な草原が好きになり、意味もなく地平線をめざして歩いたりした。そこには孤独と安寧という平和があった。一億年の歳月にもほとんど変化を受けない、未開の広野にいると悩みは減って、希望が大きくふくらんでいくような気がした。すべては過ぎ去り、人もまた去りゆく。失望と困難は、幸福という目的地へ向かう旅路の停車場だった。

テキサス西部では、その土地柄も住人もことごとく好きになった。平たく言えば、さほど傲岸な連中はいなかった。ある事柄に関する彼らの意見は、初めから終わりまで変わらない。口に出した言葉は——苦しいでも楽しいでも——そのまま彼らの本心なのだ。無言で相手をいなすことなどあり得ない。西部テキサス人が黙っているのは、話すことがないというただそれだけのことだった。

フォートワースを出て数週間後のある日、わたしはワークシャツを買おうと、当時は村だったビッグ・スプリングズの店に寄った。店主は品物をカウンターに放った。そして二ドル五十セントと言った。

「えっ?」わたしは声をあげた。「ただのブルーのワークシャツが二ドル五十?」

「欲しいんだろ?」

「いや。払えないし――」

「どうやら時間の無駄だな」店主はさらりと言ってのけると、シャツを棚に投げて返した。

わたしは耳まで真っ赤にして背を向けると、その場を離れた。

扉のところで、例のさりげない声音で呼び止められた。わたしはためらったすえに踵をめぐらした。

「いくらのシャツをお探しかね、若いの?」と店主が言った。「一ドルってとこか?」

「それくらい」わたしはうなずいた。「でも――」

「一着残ってるよ。ほら、こいつだ」

店主は棚からその一着――二ドル五十のシャツ――を取って包みはじめた。「ズボンはどうする? あんたがはいてるそいつ、そこまでの襤褸にお目にかかるのは初めてだ」

私は苦笑した。「そうかな。たしかに相当くたびれてるけど――」

「シャツにズボンも付けて一ドルだ。あんたのサイズは、若いの?」

店主はふたつの包みを放ってよこすと、片手を挙げて気のない会釈をした。わたしは礼とともに、借りはなるべく早く返しに寄るからと言った。

「会えて光栄だよ、若いの」店主はうなずいた。「けど、貸し借りはなしだ」

「でもシャツだけで――」

「それとズボンで一ドルだ。値段はおれが決めるのさ、若いの。他人の手を借りることはねえ」

「ああ――はい」わたしは言った。

「またな」と言ったあとは一言もなく、のっそりと店の裏にもどっていった。

これぞ西部テキサス人の典型――相手には一マイルもあたえるが、一インチも屈しない。この西部テキサス人はめったに笑顔を見せないし、わたしには連中が声を出して笑ったという記憶がない。それでも素晴らしいユーモア感覚が具わっていた。連中のウィットとは乾いた皮肉なもので、誇張とは正反対の控えめな部分に根ざしていた。理解している人間なら愉快だが、他所者には測りがたく、ぞっとさせるようなところもある。

当初やっていたのが、油田の賭博場の〝汗かき〟だった。ご存じかもしれないが、汗かきは浮浪者の一階級上で、経営側に黙認されて客の用をことづかる人間である。夜はダイステーブルで寝ることを許される。飲み物やサンドウィッチの注文を取って、プレイヤーからチップをせしめたりする。どう考えてもあてにならない仕事で、しかも仕事の出し手からして深い欲望の持ち主であることが多い。となれば程度の差こそあれ、つねに不安を抱えた状態を強いられる。比喩的にも、また現実でも汗をかくことになる。

ビッグ・スプリングズの役場から約二十マイル離れていたこの賭博場が、ある深夜に保安官補の一団の手入れを受けた。プレイヤーと店の従業員たちが激しく抵抗した。照明が撃ち抜かれ、闇のなかで銃弾が飛び交い、棍棒が振られ、壜の割れる音が響いた。人の区別がつかなくなり、誰もが見境なく他人を襲いはじめた。

わたしはバーの裏側を這って屋根まで出ると、地面に飛び降りた。そこで年輩の牧場主に捕まった。彼はこの乱闘の負傷者を古びたツーリングカーに運びこんでいた。

「こいつらを運ぶ手伝いをしてくれんか、あんちゃん。町に連れてって医者にみせんとな」

それこそ気が動顛していたわたしは二の足を踏んだ。しかし、さすが牧場主はバーからぬかりなく飲み物を〝借用〟してきていて、それで気をとりなおすと、たちまち作業に没頭した。

ふたりして戦闘員たちを詰めこむと、牧場主が楽しげに、もうひとり分の余裕はあるぞと吹きながら町に向けて車を出した。

もとは牛道だった道路はいまや轍が深く刻まれ、そこらじゅうが陥没したり崩れたりしていた。車が弾んで宙を飛び、骨も折れそうな衝撃とともに着地すると、積み荷から呻き声があがった。

　牧場主は不快そうに顔をしかめた。彼がスピードを上げると呻き声が大きくなった。それが叫びになり、悲鳴になり、悪態になった。夜に満ちるあそこまですさまじい悪罵の声を、わたしはいまだかつて聞いたことがない。

　わが友人は憤然と、呷って空にした壜をわたしに手渡した。「口汚い野郎どもが」と言って眉間に皺を寄せた。「やつらを怒鳴りつけてやれ、あんちゃん。やつらを黙らせろ」

「えっ、それはやめといたほうが」とわたしは言った。「だって、みんな怪我をしてるし」

「大した怪我じゃねえから、あんなでかい声を出せるんだ。やつらがつべこべ言わないようにしてくれ！」

「でも警官ですよ、保安官補だ。連中は——」

「なんだと！」牧場主はブレーキを踏みつけた。「おれはてっきり博奕打ちかと思ってた！」

　彼は怒声を洩らしながら、床のショットガンを取って車を降りた。そして、まともに意識がある保安官補たちに、車を降りろと厳命した。

　保安官補たちはそれに従った。牧場主は彼らをヘッドライトの前に並ばせると、ざっと検分して身体は問題なしと宣言した。

「この卑しいコヨーテどもが」牧場主は吐き棄てた。「楽しく盛りあがってるゲームに水を差して！　右も左もわからない年寄りに付けこみやがった！　いいか、おまえらに思い知らせてやる。町まで行きたけりゃ歩くんだな！」

町までは十マイル、鞍と長靴があたりまえの保安官補たちが、おそらく人生で歩いたことのない距離だろう。しかも連中のひとりが指摘したのだが、どこを歩いているのかわからないようなことになる。

「われわれをこんな目に遭わせるな、ジェブ」と抗議の声があがった。「こんな暗い夜には、ガラガラヘビをもろに踏みつけちまいそうだ」

「そんなの知るか」と牧場主は言いかえした。「ガラガラヘビは願い下げだね！」

わたしたちは彼らを草原に残し、ギャンブラーたちを積みにもどった。三時間あまりのち、ビッグ・スプリングズのはずれで足を引きずる保安官補たちを追い越した。

翌週、わたしは反撃を恐れ、賭博場周辺では目立たないようにしていた。だが、それもどうやら杞憂だった。酒やカードをやりに寄った保安官補たちは、ガサ入れをしたあやまちを素直に認めた。「もうちょっとよく調べて頭を働かせてりゃな」と連中は言った。

「まさか、あんなにみんな大勢いるとは思わなかった」大まかにいって、冗談を仕掛けてしっぺ返しを食らったという受け止めだった。

そして最初の手入れがあった日からちょうど二週間後、連中はふたたび賭博場を襲った。逃亡しようとした男がひとり殺された。ほか二名が重傷を負った。さらに残る常連は逮捕されて、保安官補たちは斧を手に、切りつけた賭博場を焚き付けに変えていった。すべては淡々と、その場の状況が許すかぎりの礼儀正しさでおこなわれた。連中は自分たちこそ冗談を仕掛けられたと考えていた。そこで報復に出たのである。

さいわい、わたしは前夜に〝汗かき〟を辞めて、そのなかにはいなかった。

新しい仕事先は、使われなくなった油井櫓を買い取り、解体して材木にするサルベージ業者のところだった。これがかなり儲けの上がる商売で、材木は高値が付く商品だったから雇い人への支払いもよかった。しかし仕事が長続きする者はいなかった。出された要求を前にして辞める分別のない者は、必然的に重力の法則の犠牲となった。

この仕事と縁ができたのは、昔はバンジョー弾き、昔からアルコール中毒のストローレッグズという人物のおかげだった。この男は稼ぐ金ばかり気にして、仕事の柄を軽くみるふしがあった。だが仮にわたしが油田についてまったく無知だったとしても――知識は相当にあったのだ――この仕事が危険であることはわかっていた。

「そいつは大間違いだ」とストローレッグズは言い張った。「じゃあ、おれが証明してみせる。そこの、あのポーチの屋根につかまって。そうだ、足を引きあげる。ほら、大丈夫だろ？　できるじゃないか」

「でも、いまは地面からたった数インチしか離れてない」

「手を放さないかぎり、大差ないだろう？　これで何フィートか上がったところで、何が難しくなるわけじゃない」

「百十でもね」わたしは皮肉たっぷりに言った。

というわけで、喉から手が出るほど金が必要だったわたしはこの仕事に就いた。業者に唯一雇われていたストローレッグズはというと、わたしを引き入れたことで五十ドルを受け取った。

それから数週間、わたしが生き残ったのは奇跡としかいいようがない。

わたしたちは工具とロープを担いで櫓のてっぺんまで登る。そして地上百フィートあまりの場所に留まり、大滑車《クラウンブロック》にロープを絡めてから宙にぶらさがる。当然、ロープで身体を縛ることはできない。半結びで腰に回し、それを足で押さえる。

最初の横木まで降りると、そこに降下用ロープを巻きつけ、片方を叩いたりこじったりして緩める。つぎに反対側へ身体を振り、片手でつかまりながらこちらも緩め、材木を地面まで下ろしていく。

櫓にはむろん四面がある。ストローレッグズとわたしで二面ずつ受け持ち、つねに向かい合わせになるよう気をくばりながら作業していった。このやり方でつづければ、片方だけが脆くなり、支えを失って突発的な事故が起きることもない。こうして三段目まで降り、地上八十フィート、ちょうどヤマヨモギやサボテンの背丈まで来たあたりで、不気味な現象が持ちあがる。

櫓の巨大な脚が一本、また一本と揺れだし、ついには全部がいっせいに振動しはじめるのだ。やがて不吉な穏やかさでもって一方が前に、他方が後ろに傾ぎ、ぶらさがっている人間は櫓の内外に振られる。このまま自分も巻き添えになって倒れると観念した瞬間、櫓は復元して今度は逆に傾く。揺れていないときは傾き、傾いていないときは対角線方向におかしな跳ね方をして震える。地面近くまで降りるころには、この三つが同時に発生していた。でかい梁は固定するものがないに等しく、その場で踏ん張るにはこれしかないとばかりに縦横に激しく、好き勝手に揺れた。

最後の横木は抜かないのが普通だった。雇い主にしても、危ない真似は無用と言っていた。

わたしたちがそこを素通りして櫓から急いで離れると、雇い主の男が索の一方を切断する。で、わたしたちが逃げたそばから、背の高い木製の骨組は、大地を揺るがす音声とともに倒壊するのだ。

仕事をするのはいつも町から遠く離れた場所だったから、ストローレッグズとわたしは現場にお定まりの道具小屋を建て、そこで寝起きすることが多かった。だが、ときには必要に迫られてというか、せっつかれるようにビッグ・スプリングズへ出かけたりした。そんな機会にふたりして乱闘に巻きこまれたことがある。きっかけは定かではないし、そこにくわわった誰もわからないと思う。多すぎる男たちが飲みすぎて起こした、よくあるいざこざにすぎない。ストローレッグズは頭蓋骨を折って病院送りにされ、わたしは窓ガラスに突っ込んだ。

保安官補の一団がごろつきどもを捕まえはじめた。そのひとりがわたしを拘束して車に追い立てた。

「そんな、おれはなにもしてない！」わたしの応対はあまり誠実とはいえなかった。

「人が好きこのんで窓を突き破ると思うか?」

「もっとましな狙いをつけないとな。よろけるときはちゃんとよろけるんだ」

「そんなのじゃ笑えない」とわたしは言った。「だって――」

「ま、そういうことだ」保安官補はしかつめらしくうなずいた。「おまえは自分から行くのか、それとも連れていかれたいか?」

わたしは治安を乱したかどで十八ドルの罰金を科された。で、驚いたのは支払いの猶予が三日あったこと、保釈金なしで釈放されたことだった。

裁判所を出るとき、その保安官補とすれちがった。「またな」とむこうが声をかけてきた。

「ああ、こっちはもう大丈夫だから」わたしは言った。

「また会うさ。ま、そういうことだ」

わたしたちが働いていた櫓は町から四十マイル離れていた。十年以上もまえに建てられた代物で、そこまで行く道は草が繁茂して崩れ、通行するのはもとより見分けることもほぼ不可能というありさまだった。雇い主さえ何度も迷ったあげく、ほかの郡に出てしまうことがあった。頑丈なトラックでもスプリングを切りそうになりながら、ローギアで走行していくのである。

わたしは保安官補は道を見つけられないし、よしんば見つけたとしても目的地までたどり着けないと高をくくっていた。

四日目の朝が来た。雇い主は別の仕事を取りに出かけていた。ストローレッグズはまだ入院中だった。わたしがロープを持って櫓に上がり、大滑車から木片を取り除いていると、地平線に一台の車が現われた。車体を片側に傾け、ラジエーターから蒸気を噴きあげながら、すさまじい音をさせていた。

車は五十ヤードかそこら離れた場所で停まり、あの保安官補が降りてきた。保安官補はわたしに手を振ると櫓の床に上がり、踵の高いブーツでぎこちなく歩いた。

「よお」と呼ばわってから待った。「きのう、おまえの相棒の様子を見にいった。元気だって伝えてくれとさ」

わたしはじっと下を見おろした。やがて口に出して言った。「いい旅だった?」

「まあな。町を出たのはゆうべだ」

「ほら、おれはここにいる。捕まえてみろよ」

「慌てることはない。ひと休みしたらな」

「撃ったらどうだ? こっちは何するかわからない犯罪者だぞ」

「銃は持ってない」保安官補はだらけた笑顔を向けてきた。「撃ってろくなことはないからな。ま、そういうことだ」

彼は石油櫓の床で伸びをすると、両手で顔を支えるようにした。目を閉じた。

わたしは横木に腰をおろし、しばらく煙草を喫した。それから櫓のてっぺんまで登ってベルトから手斧を抜いた。大滑車の縁を叩き、脂にまみれた木屑のシャワーを降らせた。

保安官補はそれを大儀そうに払い除けると、帽子を目深に引きおろした。

わたしは落とさないように手でつかみながら木片を小さく削いだ。そして慎重に狙いをつけて投下した。

木片は保安官補のこめかみ付近に当たって弾み、指を絡めた手のなかに落ちた。保安官補は身体を起こした。わたしを見あげ、木片に目を落とした。ポケットナイフを取り出して削りはじめた。

テキサス西部には風が付き物なのである。冬には北極から、夏には地獄から容赦なく吹きつける。いまは夏、初夏だった。乾いて焦げつくような五〇度近い気温のなかで、風が櫓を吹き抜けてきた。さえぎるものはなかった。水も持っていなかった。正午を迎えるころには頭がもやもやして、喉には水膨れができそうだった。

立ちあがった保安官補が周囲を見まわし、道具小屋にはいっていった。十五分もすると、外に出てきて口もとを手の甲で拭った。

「飯でも食いたいか?」と呼びかけてきた。「水でも?」

「からかってるのか?」わたしは嗄れた声で言った。

「バケツがあった。ロープで引っぱりあげたらいい」

保安官補はふたたび道具小屋へ行った。わたしはつい笑っていた。

「降参だ。いま降りる」

保安官補は見栄えのする男だった。あみだにかぶったステットソンの下に漆黒の髪がのぞき、陽に灼けて品のある顔貌に知的な黒い目が左右に離れて並ぶ。目の前で床にへたりこむわたしを見てにやにやしていた。

「おっと、あまり恰好のいいもんじゃないな。ま――」

「そういうことだ」わたしは相手の科白をさえぎった。「わかったから、もう行こう」

相手はまだ笑っていた。むしろ、にやけ面の度が増していた。だがそれはユーモアとは無縁の作り物で、目にはベールが下りている感じがあった。

「ずいぶん立派な口をきくもんだな」保安官補は静かに言った。「どこへ行くって？」

「それは――」わたしは息を呑んだ。「その、その――」

「ここはなんとも淋しいとこじゃないか。この何マイル四方で、おまえとおれ以外は人っ子ひとりいないぞ」

「だ、だから、それは――そんなつもりじゃ――」

「おれはずっとここで暮らしてきた」保安官補は穏やかにつづけた。「みんな、おれを知ってる。おまえのことは誰も知らない。しかも、おれたちはふたりきりだ。おまえみたいに小利口な野郎は、そいつをどう考える？　おまえは生きてる。元気でぴちぴちしてる。こんなとき、馬鹿な田舎者はどう出ると思う？」

保安官補は歯をむきだしにした笑顔で睨みつけてきた。わたしは金縛りに遭ったように無言で立ちつくした。胃のなかで冷たい塊りが膨らんだ。櫓を抜ける風が呻いた。彼はわたしが持ち出した問題に答えるかのごとく言葉を継いだ。

「必要ないな。まともに使えない銃を持っててもしょうがない。このあたりじゃ銃を持つ理由がないんでね」

保安官補はわずかに足を動かした。肩の筋肉が盛りあがった。ポケットからキッド皮の手袋を出してゆっくりはめると、握った拳で反対の掌を叩いた。

「いいことを教えてやろう。ふたつばかりな。人を見てくれで判断する方法なんてない。隙あらば人が何をしでかすかなんて、わかりようがない。たぶん、おまえならそいつを忘れずにいられると思うんだが」

わたしは声を出せなかったが、かろうじてうなずいた。むこうのにやけ面と目が普通にもどった。

「寝れたな」と保安官補が言った。「出発するまえに、何か食って飲んでいくか?」

わたしは罰金を払った。逮捕状にかかわる経費と保安官補の二日分の日当、それに旅費も払った。わたしが愚痴のひとつもこぼさなかったのは言うまでもない。

ふたたびまみえることはなかったあの保安官補だが、わたしは頭から締め出すことができなかった。思いが残るほど、男が残した謎は大きくなっていった。あれははったりだったのだろうか。むこうは鼻っぱしが強いガキをびびらせようとしていただけなのか。そうではなく、当時わたしが思っていたとおりだったのか。わたしが従順だったから、殺すという脅しは実行されなかったのだろうか。

もしあの木片が直撃していたら?　からかいの度が過ぎていたら?　怯えたすえに手斧をつかんでいたら?

彼のことを書こうと、物語にしようとやってみたが、その存在があまりに現実的で、本物らしく仕立てることができなかった。というか、平凡で退屈きわまりない男は、小さな町の保安官補以上の何者でもなかったのだ。書いてみると、やたら陰気に苛つくばかりで殺気が立ってこない。

むろん彼のなかには、わたしほど謎の部分はなかった。わたしには物事を白か黒かで判断するきらいがあった。中間の色合いはない。どうしても分類をしすぎてしまうし、いきおい自分を標準に置くことになった。保安官補の行動は、最初はこっち、つぎにあっち、そしてこっちにもどった。わたしは己れの無知ゆえに、これを単純ではなく複雑なものと捉えた。

保安官補はその素姓と育ちにおいて、可能なかぎり愛想よく接してきた。わたしがそれに反応しなかったので、むこうは方針を変えた。自分の目でなく相手の目を通して見れば、そこは単純な話だった。

むこうがわたしを殺したかどうか、それは本人もわからなかったのだから、わたしにはわからない。

結局、長じてのち、わたしは彼を紙上に再現することができた――四作目の小説『おれの中の殺し屋』に出した、冷笑的で人好きのする殺人犯である。しかし、これを書くのには長い時間を要した――およそ三十年を。

いまでもまだ彼のことが頭から離れない。

櫓の解体は危険だったが、油田仕事とくらべてとくに難儀というわけではなかった。雇い主に急かされることもなく、作業の合間には休息するチャンスがあった。数日働いて数日休むという、健康に自信がない人間にはぴったりの職だった。だからわたしは毎日のように辞めると悪態をつきながら、何週間も仕事をつづけた。

冬が来るころ、そこそこ金回りがよくなったストローレッグズとわたしは、仕事を辞めざるを得なくなった。油田の仕事はあちこち当てをたどらなくてはならなかったし、送迎サービスなどあるはずもなく、わたしたちは古いT型のツーリングカーを買った。

チョークやフォーサンズといった新興の町で雑役をこなしたのち、とりあえずミッドランド—ビッグ・スプリングズ間のパイプライン仕事に就いた。払いはまずまずで日当四十五ドル、〝飯と寝床〟代で一ドルも引かれなかった。親方たちは厳しい連中だったが奴隷監督ではなかった。それでも、わたしもストローレッグズも、すぐにこなしきれない量の仕事を抱えるようになった。わたしたちには一日九時間、週に七日もシャベルやつるはしを振える体力がなかった。

しかし、冬がわれわれの味方をした。ふたりともほぼ空っ穴で、ほかに仕事の口もなかった。できるとすればおそらく、働かずここに留まることだった。そこで飯場のしきたりについて調べあげ、研究したすえにその方法を編み出した。

親方連中は当然ながら、飯場にいる人間は働くものと思いこんでいる。つまり、全員が一日一ドルを天引きされた稼ぎを受け取っているわけだから、食事時には頭数をかぞえない。ということで、寝食が無料となれば、あとは労働時間に姿を隠すだけである。

朝食をすませたストローレッグズとわたしは、藪にもぐりこんで昼食までの時間をやりすごした。昼食後はまたしても行方をくらまし、夜になって夕食にもどった。

ストローレッグズは学があって方々を旅してきただけに、酒がまわっていなければまともな男だった。わたしたちふたりは、表面的には些末な事柄に関心を寄せる性質《たち》で、セージの花の雄蕊や蟻の異常行動について何時間でも議論することができた。

飯場には渡り者、浮浪者、前科者、逃亡犯と四百人もの男がいた。必然、隔離されることになる飯場は、作業の進み具合につれて郡内に建ったものが外へ移っていく。地元当局が取り締まることは不可能で、そこは親方たちがやった。業務を委任されることもあったし、されないこともあった。いずれの場合にも、親方が正義という名の裁きをくだした。

現場を追って、博奕打ちや密造酒売りが車で乗り入れ、飯場の外にテントを立てた。営業は夜間にかぎり、節度を保った範囲で自由だった。密造酒は質が良くて値段が手ごろでなくてはならなかった。いつも〝運がいい〟博奕打ちは、すぐに見つかって排除された。

わたしは一度ならず、親方（〝一撃屋〟）がクラップやブラックジャックのテーブルに歩み寄り、元締めに向かって、いますぐ荷物をまとめて帰れと命じる場面を目撃している。あるいは、「もういい」とか「店じまいはいまのうちだ」以上の説明はなかった。それに立てついた博奕打ちを、わたしはひとりしか知らない。そのときは口より先に拳が出て、ブーツがテーブルの脚を蹴り、チップとカードと現金を宙に舞わせたのだった。

ある晩、ふたりの娼婦が流れこんできて、ただちに退場命令が出された。〝女性たち〟が関わったことで、この布告について親方たちの説明も若干ふえた。だいたい男というのは粗野であって、女を無料の獲物とみなす連中が多い。ふたりは骨折り損のくたびれもうけに終わるというのだ。

こうして女たちは出ていったが、ふてくされた様子だった。夜が更けてから、ふたりはこっそり飯場にもどってきた。十個あったテントのうち、最初のテントの四十人の男がふたりを引き入れた。彼女たちにその先はなく、もはや生きては出てこられないようなことになった。

夜をつんざく女の悲鳴が聞こえて、〝一撃屋〟たちが呪いの声をあげながら跳び起きた。ブーツに足を突っ込み、つるはしをつかむと一番テントへ駆けつけた。だが、彼らは総勢十人、隣接するテントの男たちの多くが第一の住人に加勢した。親方たちの猛攻に棍棒、ナイフ、寝台の脚、剃刀で応戦する。一閃したつるはしに頭を割られた労働者が倒れるが早いか、さらにふたりが後を追うように突っ伏した。

しかし、勝たなくてはならないのはパイプライン労働者ではなく、一撃屋たちのほうなのだ。勝たなければ油田での人生が終わってしまう。そんなわけで、彼らはついに傷つき興奮している女たちを取り囲み、飯場の外へと突き出したのだった。

長さ百ヤードもある食事用テントには、豊富な食事が用意された。朝でもたいがい三種類の肉が出た。肉のほか、ふだんの昼食と夕食には六種類ほどの野菜とコーンブレッド、ビスケット、白パンにコーヒーとミルク、パイ、ケーキ、果物が並んだ。だが粗末な設備で一日に千二百食を準備するのは聖人を試すようなものであり、パイプラインの料理人は聖人とはかけ離れていた。したがって、原材料はよくても最終的な産物がいいものになるとはかぎらない。また種類と量の多さはあっても、いつでも欲しいものが欲しいだけ食べられるわけではない。

皿をまわすのが大変だった。皿をまわしていくうちに、よこせと言ってきた人間までたどり着かず空になってしまう。だから男たちは食卓に着いた瞬間から、肉でもポテトでもケーキでも、そばにあるものを片っ端からかき集めていく。食べ物がなくなってしまうのを恐れて、ボウルや大皿の中身を自分の皿にあける。ある男は目の前に八ないし九ポンドの肉を置き、別の男は一ガロン分のポテト、また別の男はケーキをまるごとといった具合だ。

下働き（給仕）が急いで料理を食卓へ運び、補充していく。が、それでもやはりがめつい男たちにはかなわない。連中は食べていないケーキ、肉、ポテトの残りをあっさり棄て、新しく来た料理を自分の皿に盛ってしまう。すると食べ物は男たちの胃のなかより、どうしても食卓の下に溜まることになる。

親方たちがそんな状況を正そうにも、首尾はかんばしくなかった。料理人たち——大酒飲みで短気と相場が決まっていた——は殺気立った。彼らはわざと料理を台無しにした。調理中に泥を放りこんだ。ときにはもっとひどいこともした。

ある晩、〝パン粉をまぶして〟きつね色に焼けたポークチョップの大皿が出された。それが大の欲張りが見ても、みんなに充分行き渡るとわかるほどの量で、全員がたっぷり皿に取った。が、チョップにナイフを入れると血が滴った。肉は未調理のまま縁を軽く焦がしてあるだけだった。

食卓から怒声があがった。男たちは血まみれのポークをわしづかみにして、食事を用意しているテントの奥まで押しかけた。コックたちは煮立った鍋を投げ落とすことで、ひとまずその攻撃を食い止めた。そして殺人者予備軍が勢力を立てなおすまえに、厨房のスタッフは一斉にテントから逃げ出した。白の制服、制帽姿で草原を駆けていく彼らの姿はさながら肥りすぎ、でかすぎのジャックラビットの群れだった。

思うに彼らは親方たちに拾われ、町まで運ばれたのだろう。いずれにしても飯場にはもどってこなかったし、朝食づくりに間に合うよう新しいコックの一団が連れてこられたのである。

食卓でチームを組み、ずいぶんうまいものにありついたストローレッグズとわたしだが、豊富な食事と長い休息の組み合わせには驚くほどの効果があった。真冬に作業が終わって場所を移る段には懐はほぼ空でも身体は以前より健康になっていた。

わたしたちはフォーサンズにもどった。そこでは仕事がなく、二、三日してミッドランドの町へ行った。

この町でもそれなりに稼げる職は見つからなかった。そこでわたしたちは心ならずも車の三分の一の権利をブラッグという男に売った。

この取引きで、わたしはとても貴重な教訓をふたつ学んだ。まずは落ちるところまで落ちれば、そこからは上がっていくだけだということ、そして安物買いはしょせん高くつくことである。取引きの翌日、わたしたちは高圧線工事の職を得たのだが、ブラッグは権利の買い戻しには応じなかった。どうにも厄介で、組んで何をやるにもおよそ望ましくない相棒がいるとすれば、それがブラッグだった。

ブラッグは身長が六フィート六インチあまり、二百五十ポンドを超える体重のほとんどが締まった筋肉という大男だった。その一オンス、一インチに混じり気のない下劣さが詰まっていた。

ブラッグは人前でわたしたちのことを〝クソ〟とか〝クソ頭〟と呼んだ。食事時に不快な話題を持ち出しては、わたしたちの胸を悪くさせた。息が止まるほど背中を叩いてきたり、相手を倒す勢いで突っかかってくるのはいつものことだったし、またなにかと握手を求めてきては、こちらが膝をつくまで指をつぶそうとした。

何頁かまえに、私は根っからの悪人はいないと述べたわけだが、仮にブラッグにたったひとつ取り柄があったとして、わたしにはそれが何かわからない。彼のいちばんの魅力を言うなら、役立たずで札付きの、最低のろくでなしということになる。

仕事に出たわたしたちは天候が許せば野外で寝て煮炊きをし、悪天のときは最寄りの道具小屋で寝泊まりした。ブラッグは車のシートをベッドに、サイドカーテンを掛布にした。ストローレッグズとわたしは自前の毛布を使った。ブラッグは三分の二かそれ以上の食料を腹におさめ、払うのは三分の一、あるいはそれ以下で――まったく出さないこともあった。

車の調子が悪くなると、いつでもわたしたちのせいだった。ブラッグは修理代を出さず、かといって故障をそのままにしておくことは許さなかった。

ストローレッグズとわたしにできる仕事といえば、つるはしとシャベルで高圧線鉄塔用の穴を掘ることぐらいしかなかった。一方のブラッグには、関係する作業をいくつもこなす腕があった。仕事ぶりは真面目で――こちらの二日分を一日でこなした。煙草を買うのに汲々としているわれわれを尻目に、せっせと金を貯めていた。

休みの日には車で出かけていき、夕方にスプリングを折ったりタイヤをパンクさせて帰ってくると、当然のごとくわたしたちに責任をなすりつけた。ブラッグが思いつく傑作のジョークとは、街から何十マイルも離れた草原に食料も水もないまま、わたしたちを日がな置き去りにするというものだった。

ほかにやることも思いつかず、ストローレッグズとわたしはその場を動かなかった。最初は事情が好転するかもしれないと期待して、やがてはひたすら依怙地になった。明らかにブラッグは、こっちが音を上げて車の所有権を手放すことを望んでいた。だからこそ、わたしたちは見込みもないまま動かずにいた。

春に高圧線の仕事が終わると、わたしたちのほうから車を売って儲けを分けようと提案した。ブラッグはそれを突っぱねた。ランキンの町へ行き、急ぎのパイプライン仕事をやるという。おまえらは好きにしてかまわないが、車で行くから、おれの三分の一の権利とそっちの三分の二はどうしたって切り離せない。

ストローレッグズとわたしはランキンへ行くことにした。

西へ七十マイルのランキンまで、途中には給油所も家もなかった。草もまばらな乾いた砂漠のなかを、赤土の轍が延びていく小道だった。

最初の十マイルで二度パンクした。日暮れまでに目的地の半分までしか行けず、そこで車を停めざるを得なかった。発電機でライトをまかなえるほどの速度が出せなかったのだ。道の脇にキャンプを張り、ストローレッグズとわたしは少量のパンとボローニャソーセージ、それと水にありついた。その他はブラッグが管理した。

朝になり、ブラッグは残っていた食料と水を片づけると後部座席にどっかり腰を据えた。わたしたちは首でブラッグの足を支え、腹になにも入れないまま先を進んだ。

あまり走らないうちに、ラジエーターが水不足で悪態の蒸気を噴き、ブラッグに停めろと命じられた。しばらくエンジンを冷やしてから走りだした。数マイルで、またもオーバーヒートしたエンジンに行く手を阻まれた。

ブラッグは車を降り、わたしたちを外に引きずり出した。そしてフロントスプリングに危なっかしく腰かけるとラジエーターのキャップをはずし、ラジエーターに小便を注いだ。その場を離れるとわたしたちに向かい、険しい顔で同じようにやれと言った。

わたしたちはできうるかぎり前例にならった。だが水をほとんど飲んでいなかったうえに、乾燥した風に体内の水分を奪われていた。いくらブラッグに罵られ背中を叩かれても、ないものは出せない。

十マイル走ったあたりで、またしても灼けたエンジンのせいで停まることになった。今回は水を必要とする別の問題も持ちあがった。これまでの振動と気候のせいで、右後輪のスポークがゆるんでしまったのだ。水に浸して膨張させないと、いずれ脱落してしまう。

ブラッグは声が嗄れるまでわたしたちを罵った。わたしたちの首をつかみ、頭と頭をぶつけた。

「こしゃくな野郎どもめ」ブラッグは声を搾り出した。「このざまを見やがれ！　いったいどうしてくれる?」

「この屑鉄の、おれの権利をあんたにやるよ」とわたしは言った。いまとなっては修理代のほうが高くつきそうだったからだ。「おれは歩いて町まで行く」

「おれもだ」とストローレッグズが言った。

「いや、そいつはだめだ」ブラッグはまくしたてた。「権利は放棄できないぞ——とにかく、いまはな——それに、水が要るからって町へは行かせない。こいつはおれたちで運ぶ、おれと、ろくでなしのおまえらとでな。おまえらの権利はおまえらが運ぶんだ」

「運ぶ！」わたしたちは懐疑の目をブラッグに向けた。「運ぶ——こいつを？」

「車を運ぶんだよ。しっかりつかめ！」

で、わたしたちは運んだ。それもふさわしい側を。ストローレッグズとわたしが前輪がある重いほうを、ブラッグが後部を持ち、町まで十マイル歩いた。

町に着くころ、ストローレッグズとわたしは死にそうになっていた。だがブラッグの叱咤と脅迫に屈して、古いフォードを廃品回収場まで持ち込んだ。回収場の経営者は十ドルを自ら分けて、ストローレッグズとわたしに手渡しした。

これはブラッグの考える正しい分配方法ではなかったが、彼にどうにかできるものでもなかった。町にはまえの仕事で知り合ったパイプライン労働者が大勢いた。ブラッグが強気に出ようとすれば、そんな連中とも深入りするしかなくなる。それに、こちらを追い込むだけ追い込んできただけに、この先も干渉をつづければ殺傷沙汰になりかねないと踏んだのだと思う。

こうしてブラッグは山ほどの悪態と脅しを残してわたしたちから離れ、その後二度と、町の内でも外でも彼が姿を見せることはなかった。パイプラインの仕事は、噂で聞いていたほど緊急のものでもなく、彼は待つのをやめたのだろう。

ランキンではすぐに仕事が見つからず、ストローレッグズとわたしはマッカミーへ行った。マッカミーの町ではあるオーケストラが興行を終えようとしていて、そこのリーダーはストローレッグズと旧知の間柄だった。リーダーがバンジョー弾きの仕事を持ちかけてきて、わたしからも説得し、ストローレッグズは引き受けた。それはすなわち、わたしたちの別れを意味したが、どのみち別れはそう先のことではなかった。そもそもわたしも、無駄に油田を渡り歩くつもりはなかったのだ。

ストローレッグズは、彼の本名に思い当たればなるほどというようなバンジョーの名手だった。また実に気のいい男でもあった。オーケストラの興行最終日の晩、ダンスホールの表で顔を合わせると、これまでの稼ぎをわたしに押しつけてきた。

「仕事が見つかるまで、こいつが必要になるぞ」ストローレッグズは言い張った。「いいから、おまえのものなんだから」

そして彼は油井櫓の解体業者から、わたしを仕事に引き入れて五十ドルせしめたことを明かした。その行為に罪悪感を抱き、他人の健康をやたら気遣うその態度を見て、わたしは金を受け取り、別れを告げた。

パイプライン敷設工事の雇用事務所はランキンにあったが、ラインの建設はアイラーンの町付近ではじまり、そこからメキシコ湾まで延びる計画だった。マッカミーに仕事はなく、ランキンではどの職場にも百人の男がいたので、わたしはアイラーンへ行った。アイラーンは極西部テキサスの西部にある——なにもない場所に、見かけ倒しの建物数棟と人が数十人降って出来たような町だった。かつては浅い油田の中心だったが、いまや掘削はほとんどおこなわれていない。おおむね西行き馬車の停車場として、牧童たちの交易所として存在していた。

町の住人は見るからに私心がなく、持つものは分かちあおうというような連中だった。西部テキサス人の同朋のなかでも、その部分がより鮮明に強調されていた。わたしは彼らの親切心にいたく感動しながらも、そこにつけこむ気にはなれず、なるべく町の外ですごした。

食料品の缶詰、コーヒー、小麦粉、塩漬けの豚肉を手に入れ、ペコス川を見おろす平たい岩を〝野営〟地にすると、ラード缶で料理をして焚火を背に眠った。そこなら付近に出没するガラガラヘビなどの有毒動物に襲われる心配もなかった。夜中にはときどき振顫が起きた。これは酒を断った人間が長く苦しめられる再発型の発作だが、けっして重くはなかった。声を張りあげるとほぼ同時に、身体じゅうに絡みつくような幻覚は消えた。

何日にもわたって小品《ヴィネット》を、出会った人々のスケッチを大量に書いた。書いた大半は破り捨てた。物を書き、考え、川で泳ぎ、食べて眠って日々を送った。そうするうちに長い夏が終わり、秋が来た。

パイプライン建設がはじまった。わたしは夜間警備の仕事を得た。理由はわからない。わたしにはどこまでも臆病な悪人すら怖がらせる才能はなかったし、人生で銃を撃った経験もなかった。

数年まえ、それは酒とただ闘うだけでなく反撃を開始するようになる以前のことだが、わたしは西海岸にあるアルコール中毒者用の療養所《サナトリウム》に入院していた。わたしはそんな場所の常客で、仲間の患者も多くいた。わたしたちはのんびり時をやりすごしながら、アルコールによって引きこまれたおぞましい冒険をこもごも語った。

俳優だったある男は、ヘビー級ボクサーの夫妻が泊まるプルマン客車の寝台にうっかりもぐりこんでいた。

清掃車を寝床にした記者は、腹を減らした豚の檻に放りこまれていた。

吐き気の発作に襲われた作家は、便座から頭と肩が抜けなくなり、バールの力を借りて脱出した。

なかでも最高だったのは、というか、少なくとも傑作だったのはハリウッドの映画監督の話である。重度の鬱病に悩まされている悲しい目の小男だった。

彼は以前から、ある種の飽和状態に達すると新聞社に電話をかけ、いまから自殺すると告げることをくりかえしていた。電話を入れるときは本気なのだが、記者がやってくるころになると思いは醒めている。

記者とカメラマンはいいかげん腹を立てた。せめて傷を負うなり睡眠薬を大量に服むなり、記事になるような真似をしてくれないかと訴えた。

しかし映画監督は、そんな彼らの懇願にも悪態にも冷笑にも、頑として耳を貸さなかった。自傷だと？　おぞましい！　感染症にかかるかもしれないじゃないか。睡眠薬？　冗談じゃない！　あれは胃が痛くなる。

日ごろハリウッド人種に接している地元記者たちでも、この男は手にあまるような存在だった。ないがしろにはできないのだ。彼は重要人物だったし、その気になればいつでも脅迫を――部分的にでも――実行できる立場にある。

街の記者たちの誰もが憤っていた。しまいには、デスクが監督本人とこんな会話をすることになった。

「いいか、ボブ、きみはわれわれをひどく失望させたんだ。せめて誠意のかけらでも見せてくれないことには、きみはもう信用されなくなるぞ」

「わかってる！」監督はすすり泣いていた。「ああ、わかってる。たしかに、おれはきみの部下たちをまともに扱ってないが、その埋め合わせはするつもりだ」

「じゃあ」――デスクは怒りで口ごもると――「きみにはもう一度、名誉挽回のチャンスをあたえよう」

ある晩遅く、記者たちを呼び集めた監督は例によって、死にも、その過程にも気を惹かれていない様子だった。だが震える声で第一声を発しようとした監督を、記者たちがたちまち押さえこんだ。

歓喜の奇声をあげながら、記者たちは首を吊らないでくれと監督に迫った。「頼むからやめてくれ！　首吊りは勘弁だ！」と叫んだ。そして監督が着ていたローブの腰紐を抜き、首に巻きつけた。

記者たちは監督をベッドの端に立たせると、腰紐をシャンデリアに結びつけた。

そしてベッドを引き抜いた。

シャンデリアの留め金がゆるんだ。監督は床に着地して、真上からシャンデリアが直撃した。監督は呆然としながらも、ベッドの下に逃げこむ分別は残っていた。

「もちろん、連中は本気でおれの首を吊ろうとしたわけじゃない」監督はその場の状況を説明した。「写真を撮るあいだだけ吊っておこうと思ったのさ。あの薄情な冷血どもときたら、一枚押さえるのに全部のシャンデリアを壊しかねない勢いだったんだ！」

新聞記者たちは、監督をベッドの下から引っぱり出そうとした。が、監督がしつこく逃げまわるので埒が明かず、教訓をあたえる目的は果たしたということで帰っていった。

監督は表に出た。

大した怪我もなく、酒に酔った放心状態のなかで、死の扉の前に立つ自分の姿を目にした彼は救急車を呼んだ。到着した救急車が彼を乗せて走りだし、やがて長い丘に差しかかった。その登りの半ばあたりで、いきなり後部のドアが開き、監督は外に放り出された。

車輪付きストレッチャーに乗っての滑降である(「あんなものに縛りつけられていたんだ」)。ふもとが近づくころにはものすごい速度になっていた。するとストレッチャーが急に道をはずれて溝を飛び越し、有刺鉄線のフェンスを突き破って果樹園を耕し、ハイウェイから百ヤード以上離れた場所でようやく停まった。

監督はストラップをゆるめ、どうにか道までもどった。パジャマはびりびりに破れ、身体じゅうの皮膚も似たようなことになっていたが、足を引きずって家まで帰った。

「まるで歩く巨大ハンバーガーだった」と監督は言った。「青や黒の痣も、出血もない箇所はなかった。この恐怖の体験については当然、新聞に電話して伝えた。連中にはくたばれと言われたよ。それで病院に連絡した。この事実を新聞社向けに確認させるつもりだった。やっぱり、くたばれと言われた。要するに、救急隊員の馬鹿たれどもが嘘をついたのさ。おれが消えたことに仰天して、あの農園からストレッチャーを回収したあと、病院当局にはおれが家を出ようとしなかったと報告したわけだ。

こっちがズタボロにされたって、ほとんど意味がない。酔っ払いが失敗をやらかすのは毎度のことだから。というわけで、ハリウッド発の最大のニュースはこのとおり、新聞には一行も載らずじまいだ。おれの自殺はそれが最後だった。価値がないんだよ。あの胡散臭い連中は、おれが本当に死んだところで記事のひとつも出しやしない！」

この話を上回る冒険をした経験は、わたしにはないが、あえて挙げるならふたつある。ひとつは、再発した振顫譫妄によって生じたパイプラインでの出来事。もうひとつは……

……わたしは北へ行き、ネブラスカ大学に入学した。あわただしくテキサスを出ることになり――その理由は追って述べる――すぐにも働く必要に迫られた。リンカーン（大学の所在地）の新聞二紙を訪ね、大学出版局と二大通信社の支局にも応募した。最後にあたったのが農業紙だった。そこの若い編集補佐ふたりは、ほかで門前払いされたわたしのことを、美味い食べ物でも見るような態度で接してきた。わたしはオフィスでいちばんの椅子を出され、煙草をすすめられた。ふたりは笑顔で、意味ありげにうなずき交わしては甘い声をかけてきた。

わたしが服装に気をつかっていたとは言っておくべきだろう。ホテルでは従業員にきちんとした身なりを求めていたし、自分でもいい服が贅沢だと思ったことはなかった。そのときは百五十ドルのスーツに三十五ドルの靴。輸入物のトップコートを腕に掛け、片手に豚革の手袋、片手に四十ドルのボルサリーノ。

わたしと自分たちを見較べたふたりの編集者は、〝大いに脈あり〟と雇う気になったのだろう。即決ではなかったが——

「もちろんきみは農業大学にはいるんだろう?」

「いや、まさか」わたしは笑った。「教養学部に行くつもりです。作家志望の人間をつかまえて、なぜまた——?」

編集者たちが語りだした。いまどき誰も、誰も教養学部なんかにわざわざ進学しない。文学士の学術的価値なんて、理容学校の卒業証書程度にしかならない。狙うなら農業分野の理学士号だ。いまは農業を知る書き手にたいする需要がものすごい。政府は卒業生を片っ端から引っぱりあげている。農業関係の定期刊行物は絶好の勤め口だね。ほら、たとえばぼくらの場合。農業大の四年だけど、こんなすばらしい職についてる。

ふたりは、ぜひ〝家〟に来て、夕食を食べながらこの話をしようと言った。

そう、わたしはそういったことにまるで疎かった。彼らの話す〝家〟には、仲間がたむろしているのだろうと思った。あやまちに気づいたのは、壮大な寮舎へとつづく道を彼らと歩いているときだった。だが、わたしにはそこから逃げ出す方法がわからなかった。数時間後、ワインを飲んで食事をして、やたら大勢と話すうちに頭がふらつきだしてからも、依然としてわからなかった。

それは伝統的な友愛会の〝もてなし〟で、わたしは立ちあがれなくなるほどのもてなしを受けたのである。彼らはわたしを入会させ、農業大学に入学させた。そしてこれをきっかけに、わたしの苦悩と憤怒にまみれた半生のなかでも、不愉快きわまりない一時期がはじまった。

学生たちは農業に関し、わたしにはない一般知識を正しく持っているようだった。かつて農場ですごしたころのわたしは齢が若すぎて、なにひとつ身につかなかった。憎むべき牛が強すぎて、農業にからむほぼすべてが嫌いになった。

〝兄弟〟たちが仕事をまわしてくれるわけもない。友愛会の評価を維持するために、自分であれこれやるしかなかった。兄弟たちは、とにかくわたしが落第しないように腐心していた。

彼らが案じていたのは、わたしとの付き合いがなくなることではない。べつにそれがなくても仲間内でうまくやっていけたのだ。ただ会の懐具合から、わたしの収入を当てにするしかなかった。わたしを友愛会に引きとめておくこと、それはとりもなおさず、わたしを落第させないことだったのである。

友愛会の御多分に洩れず、〝家〟には数十年にさかのぼって試験問題を網羅したファイルがあった。また教官の好き嫌いや癖を調べあげた書類も完備されていた。兄弟たちはわたしの面倒をみる一方で、指導教官には圧力をかけた。哀れ教官たちは行く先々で熱心な若者に取り囲まれ、わたしの目標について執拗かつ切々と訴えられるものだから、さすがに駄目を出しづらくなってくる。

ただしひとり――声高にきっぱり駄目だとくりかえす男がいた。小柄なイタリア人で病理学の交換教授だったその男は、わたしが重さ六十ポンドのバター攪拌器に万年筆を落として以来、ずっとそれを根に持っていた。わたしを人体解剖することはできないから

（本心ではそれを望んでいた）、かわりに落第させてやると言った。

手ごわい男だったが、兄弟たちは過去にそんなタフな連中とも渡りあっていた。予告どおり、わたしが中間試験で落とされると、兄弟たちは実力行使に出た。友愛会のメンバー全員で教授に脅しをかけたのだ。

〝家〟はキャンパスで力を持つ存在だったが、その〝実力〟は驚くべきものだった。例の教授が講義で、ほんのささやかなジョークでも言おうものなら、教室内は大爆笑につつまれた。とても正気とは思えない意見を口にしただけで、それが珠玉の名言のごとく喝采を浴びた。キャンパス内では、せいぜいイタリアを褒めそやす程度の敬意しか払わない若者の群れに文字通り担ぎあげられていた。

教授は軟化しはじめた。そこに〝必殺の一撃〟が放たれた。教授が主賓として招かれた寮の夕食の席で、兄弟全員がひとりずつ立ちあがり、最低でも十分間、称賛の辞を唱えていった。

深更におよんで車で送られていくころには、教授は喜色満面でビーツのように頰を紅潮させていた。やがて教授を送ってもどってきた兄弟たちから、わたしは〝残った〟と告げられた。翌日に追試を受ければすんなり通るというのである。

この知らせがもたらされると当然のように祝賀会が開かれ、わたしは翌朝、ひどい宿酔で教授のもとに出向いた。

教授は笑顔のなかに謎の渋面をちらつかせながら、意味ありげに眉をうごめかし、試験は町に出てやろうとささやいた。「とってもいいとこがある」教授はふっと笑った。「わたしの友人が、場所を使わしてくれる。ここは、人がいっぱいいる――」

わたしはこの教授のことをよく理解できずにきたが――それが嫌われた理由のひとつだ――それでも、彼の意図はわかる気がした。その日は土曜日で、学生でごった返していた。正規からはずれたことは他所でやるのがふさわしい。

町に出たわたしたちは、ほとんどが行政機関で占められたビルへ向かった。その十階の暗い廊下を、突き当たりに近いドアまで歩いた。その表札には頭が朦朧としていたわたしに理解できないばかりか、興味も湧かない略語が書かれているだけで、本来の入口は別にあると示す矢印があった。教授はドアを開錠すると、わたしを差し招いた。

ブラインドを下ろした室内は相当に暗かった。重い革椅子とガラス板を渡した本棚からして、法律事務所といった趣きだった。教授はテーブル一台に椅子が数脚置かれただけの隣室にわたしを請じ入れ、明かりをつけた。

「とってもいいね?・」教授は眉を上げてみせた。「これなら文句ない。きみは試験に通る——かならず。きみがやって、わたしはやらない」

「ええ」わたしは言った。「それはそうですね」

「じゃまが来ないように、扉に鍵をかける。二時間、それで、わたしはもどる」

教授は別室のドアを出ていった。わたしはポケットに忍ばせたウィスキーの小壜で迎え酒をした。座って試験問題を取り出した。

あやうく椅子から転げ落ちそうになった。

事情は定かではない——教授がわたしの能力を買いかぶったのか、問題を間違えて出したのか、それとも兄弟たちとわたしに残酷ないたずらを仕掛けたのか。だが、この試験に通りっこないことだけはわかった。わたしに答えられる問題は一問としてなかった。

また酒を長々と呷り、考えをまとめようとした。さらにふた口飲った。〝家〟と連絡が取れれば、兄弟の誰かに試験問題集をあたってもらえる——

部屋を眺めた。隣りを覗いてみた。電話はなく、ドアは施錠されている。その場をいらいらと歩きまわりながら、教授への悪態をつく余裕もなかった。

ブラインドと窓を上げ、外を見た。

その部屋は中庭に面していた。こちらの窓の斜向かいに、五フィートほど離れてやはり窓があった。光沢のあるガラスが数インチしか開いておらず、内部をうかがい知ることはできない。だが、おそらくは廊下だった。

わたしはまたも酒壜を取りあげながら、そこをじっくり観察した。決心が固まった。あの窓まで跳んだり、跨ぎ越したりできなくても、落ちるのはわりと楽だろう――櫓の解体作業をする日々、落ちるコツはつかんでいた。もちろん失敗してつかみそこなえばだが――

でも、昔はしくじれば命にかかわるような高さから何度も落ちた。高さ自体は問題じゃない。百フィートでも十フィートでもコツは同じだ。

わたしは窓台に昇ってしゃがんだ。それからほぼ直立するまで背を伸ばした。両足を踏ん張り、腕を伸ばすと身を投げた。

踵だけで身体を支えるその刹那、わたしは中空を睨んでいた。そして両手を突き出し、指先で窓の木枠の内側をつかんだ。

わたしは顔を上げ、なかの様子をうかがった。

そこは廊下ではなく洗面所だった。斜めから個室を覗く恰好だった。年輩の女性――

雑役婦らしい――が便器に腰かけている。

女性はわたしを見た。わたしも見つめかえした。女性はぼんやりまばたきすると、頭を振った。はずした眼鏡に息を吹きかけた。

わたしは窓からそっと手を引き、外側にある煉瓦の突起をつかんだ。痛みと顫えが走るなか、爪先と指先をたよりにぶらさがったまま待った。

待った。

待った。

もう引きかえせない。進めない。いや、進むことはできる、できるけれど、婆さんはその場でくたばってしまうかもしれない。きっと大声をあげるにちがいない。そしたら、このざまをどう申し開きすればいい――女子トイレの十階の窓から忍びこむなんてざまを？

トイレの水の流れる音が、あれほど甘美な調べに聞こえたことはかつて一度もなかったと思う。それにもまして、トイレの入口の扉がしまる音。女性は窓に近づくことなく出ていった。見たとおり、自分の目を信じなかったらしい。

あらためて窓の内側をつかみ、身体を窓台まで引きあげた。だが計画を先に進められなかった。あの雑役婦は廊下で作業をしているだろうし、別の誰かと鉢合わせするかもしれない。どっちにしても、そこを出る勇気がなかった。

結局、わたしは再度飛んで元の部屋にもどった。へたりこんで壜の残りを空けた。

座ってうつらうつらしているところへ、教授が帰ってきた。

「終わったか、ああ？　いいか……トムセンくん、これは……なんにも、書いてない！」

「なんにも、書いてません」わたしは無愛想にうなずいた。「どうします？」

「わたしが」――教授は言葉に詰まった。目をむいていた「トムセンくん、きみはなぜわたしが――どうしてだ、これは？」教授が激しく振った手の先には、別室と省略された扉の表札がふくまれていた。「どうした、トムセンくん？　きみは字が読めないか、えっ？　目玉がないか、えっ？」

教授が睨みつけてきた。わたしはじっと目を注いだ。やがてすこしずつ、ひどい真実が頭をもたげてきた。わたしの友人……行政機関……あの人の友人がいる機関とは――？

「まさか」わたしは呻いた。「まさか、そんな！」

「そうだ、トムセンくん。ああ、そこだ。赤ん坊でも、よだれを垂らしたばかたれでも、こんなことにならない。知恵があるんだから。それをきみは――きみは――！」

わたしは、こんなことになった。わたしは病理学の試験に、病理学図書館で落ちた！

……で、パイプラインに逆もどり。

荒野の奥へとひたすら延びていくラインの巨溝沿いに、数十万ドル相当の装置や物資が設置されていた。溝が二本、発電機二十台、引き索、トラックにトラクター。ガソリンや油の集積所、タイヤ、チューブ、スパークプラグなど多数の付属品。

こういったものを見張るのがわたしの仕事だった。

あるときは溝を見回り、ペコス川上流のラインを夜通し歩いたりした。晴雨兼用のカンテラと連発式ライフルを持たされた。受けた指示はそのまま、「顔を出した野郎は、問答無用で撃て」だった。

最初はこの仕事をけっこう気に入っていた。日はまだ長く、深夜の十二時ごろでも草原はやさしげな薄明かりに包まれていた。溝掘り機の上に立つと、現場の端から端まで見通すことができた。そうすれば移動する必要もなかったし、歩くのは比較的安全なときを選んだ。この地で縄張りを主張するガラガラヘビやタランチュラ、長さ十二インチの大ムカデも避けられた。

こうした生き物はパイプラインが来る以前から悪さをしていたが、ラインの出現とともにその害は十倍にもなったようだった。もちろん数が急増したわけではない、動きが活発化したのだ。機械の反響音が地下のアパートに棲むやつらを揺り起こした。ダイナマイトがやつらの都市を広範囲に吹き飛ばした。溝でえぐられ——ひとつの巣穴に百六十四のガラガラヘビがいる——草原に放り出された。

当然、やつらがそんな仕打ちを喜ぶはずはなかった。

なかでも向こう見ずで、勝ち気にはやる連中は闘いを挑んできた。自分たちの家から立ち退くつもりはないのだ。しかし大多数は好機をうかがうほうを選んだ。地面を揺るがす機械が静まり、太陽が没するまでヤマヨモギと岩のなかにひそんでいる。やがて、以前の棲み処を探しに大挙してもどってきて、こっちを縮みあがらせる。

日が短く寒波が襲ってくるころになると、冬眠の場がないやつらの動きはさらに活発に、悪質になっていった。やつらは発電機の帆布製の被覆の下にもぐりこんだ。機械の奥のほうに隠れた。ラインを休みなく行き来してパイプのジョイントにはいりこみ、ドラム缶の下にもぐった。地面も機械の上も、わたしに安全な場所はなかった。

物が這いまわるという幻覚——振顫譫妄からは完全に立ちなおったと思っていたのに、それが頻度と激しさを増してもどってきた。

わたしは自分が唯一知る方法で闘った。ランタンの灯に浮かぶクモやヘビに向かって、あえてまっすぐ歩いていく。するとブーツの下で見えなくなるのもいれば、そうでないのもいる。姿を消すどころか、毒々しいダイアモンド形の顔を突き出してきたり、ムカデの玉が破裂して脚に群がったりする。わたしはランタンを放り出し、必死に手で払いながら逃げる――悲鳴をあげながら、これ以上走れないところまで走る。

闘いはあきらめることにした。明らかに幻覚であるものが、現実になることが多すぎた。昼の仕事に変えてもらおうとしたが、それも一蹴された。代わりがいなかったのだ。朝が来るたび、わたしはもう一晩も耐えられないとつぶやいた。だが夜になると仕事にもどった。ラインが動くまで夏いっぱい我慢してきたし、いま辞めるのは恥に思えた。それに仕事を変えたら、かなりの金を注ぎこんだ冬服が無駄になってしまう。

そうして仕事をつづけるうち、夜ごと苦痛と恐怖が増していった。

タランチュラに咬まれても痛いだけで、命に別状がないのはわかっていた。しかし邪悪な姿をしたあのクモは、悪夢を呼ぶ仲間たちの間でもとりわけ恐ろしい存在だった。スープ皿ほどの大きさで、ウサギのように毛が生えている。これもまたウサギのように十フィートあまり跳ねる。そして暗闇に現われたものには、相手かまわず飛びつくのだ

——ランタンにも、私の顔や手にも。

一匹だけでいるところは見たことがない。最低でも二匹横並びで、ときには編隊を組んできたりする。わたしはそんな死の恐怖のなかですごした。

ある晩遅く、ペコス川に渡したラインを、雪に覆われたパイプの上で慎重にバランスをとりながら歩いていた。流れの真ん中付近まで来ると、前方にパイの形をした二列の染みが見えた——タランチュラの編隊がまっすぐこちらに向かってくる。

幻覚だとわかっていても——だめだった。頭のなかに存在するものは存在する。心臓の鼓動が激しくなった。恐怖で息ができない。反転して川岸にもどろうとした。するとそっちの方向からもタランチュラの編隊がやってくる。

わたしは絶叫してパイプから跳んだ。

三十フィート落下して、薄氷の張った川の底までもぐった。さいわい、あたりは川幅が広くなく、重いブーツと厚手の服を重ね着していても岸までたどり着けた。

ずぶ濡れで岸に上がると発電機を回した。プラグに火花を飛ばして火をつけると、帆布で間に合わせの避難所をこしらえた。服を乾かすあいだ、うずくまって惨めに震えながら暖を取ったが、いろいろ考えることもできた。

おれは病気に克った。ここしばらくは落ちる一方だった。割に合う仕事はなかったし、とにかくこの仕事は話にならない。

潮時だ——油田とはすっぱり縁を切る。おれの運命はここにはない。そうなる気はつゆほどもなかった。西部はよくしてくれたが、それもここまでだろう。ぼちぼち自分で何かをやる頃合いだ、これまでよりずっとましな何かを。

服が乾いた。草原に朝日が射した。私は火を消し、キャンプへ行って仕事を辞めた。

一九二八年の冬、わたしはフォートワースにもどった。マクシーンが結婚したこと以外、何もかも変わらないといった状況だった。父の稼ぎはないに等しかった。家族はつましく暮らしていた。

わたしはホテルの求人に応募したが、あっさりはねられた。知っていた副支配人やベルキャプテンたちはいなくなっていた。面接した副支配人は、わたしの外見も履歴も気に入らなかった。

「無理だ」副支配人はにべもなかった。「きみはこのあたりで面倒を起こしてばかりじゃないか。いずれにしても、ベルボーイには大きすぎる。きみみたいにでかい男は石炭運びが似合ってる」

「ベルボーイでなくてもかまいませんが」わたしは顔を赤くして言った。「ホテルの仕事なら、だいたいなんでもやれますよ」

「残念だが」

「なら言いますが」とわたしは言った。「あなたは副支配人にしては小さすぎる」

むこうは冷たく笑うと歩き去った。

ずいぶん偏屈な態度をとる男だったが、わたしの大きさについて、その評はあながち的外れでもなかった。初めてホテルで働いたとき、わたしの身長は六フィートに満たなかった。それがいまや六フィート四インチある。相変わらず痩せすぎだったが、肩の広さで大きく見えた。

背丈のことは自分でも気にしていた。ほかのホテルの仕事もいくつかあったが、ベルボーイをやりたかったわけではない。わたしは大きすぎた。奉公人になるというのは、この何年かのきびしい自活の道とは厭になるほどの違いがある。

だが、早く働き口を見つけなくてはならなかった。そこでしかたなく、食料品のチェーン店で働くことにした。

週の労働時間は、建て前上はほんの七十四時間だった。平日は七時から七時まで、土曜日は七時から九時まで。しかし現実にはそれではすまなかった。平日は六時に来て七時の開店準備をしなくてはならず、夜は掃除と閉店で最低一時間は余計にかかる。書き入れの土曜日となれば五時出勤で、日曜の早朝に帰れればいいほうだった。そして日曜というか、日曜の残りはたいてい販売会議、店内の改装、棚卸しに費やされる。

給料は週に十八ドルだった。

この組織にいて、わたしは大変貴重な教訓を得た。それはすなわち、就職申込書の長いところは、それだけ雇い主の質が悪いということである。この会社は採用候補者にまつわる取るに足りない些細な事柄を——本人の靴のサイズから親類の宗教的、政治的志向まで——すべて把握しようとした。実際、関心がないのは、無にも等しい賃金で従業員が生活できるかという、その点だけだった。

どうみても展望などなかったのに、わたしはこの仕事にしがみつきながら、機会あらば別の職をと目配りはしていた。それで結局、アリー・アイヴァーズと会った。アリーの態度はわかっているだけに、ここまでは会わずに避けてきたのだ。

チップを払わない客の荷物を窓から放り投げて、ホテルを永久追放されたアリーは、いまや無認可のタクシーサービスを取り仕切っていた。あのとびきりの図々しさと手癖の悪さにぴったりの天職だった。

「おまえ」アリーは訝しむような目でわたしを見ると声を張りあげた。「たかが十八ドルのために週百時間を犠牲にしてるのか？　おれは恥ずかしいぞ、ジミー！　ホテルにもどればいい」

「雇ってくれないさ」わたしは言った。「でかすぎるから」

「あの店で働きつづけるなんて」アリーは真顔で言った。「やめておけよ。西へ行くまえより身体を悪くするぞ。自分だって食えないのに、家族の面倒どころじゃない。家を追い出されたら、服と治療が必要になる。言ってやろうか、おまえの何がでかいのか――頭だよ。出来がよすぎて、ベルボーイなんかやってられないってうぬぼれてる」

「そうじゃない」とわたしはつぶやいていた。でも図星だった。「もどれたかもしれないけど、例の副支配人に食ってかかったからな」

「それがどうした？　ホテルマンのことはわかってるだろう。そいつはきっと自分から逃げ出して大笑いしてたのさ。とにかく副支配人はふたりいて、うちひとりは他人のことなど知っちゃいない」

「じゃあ」わたしは口ごもった。「どうしたらいいんだろう？」

「どうしたらいいんだろう」アリーはおうむ返しに言った。「おまえは馬鹿なふりをしておれを頼ろうとしてる。ここから出てけ！　さっさと行って仕事を手に入れろ」

わたしはそこを出た。ホテルへ行った。

コーヒーショップの店長と話し、給仕頭と話した。客室係にふたりの会計係、主任技術者、給仕と話した。みんな知り合いで馴染みがあった。全員が口添えを約束してくれた。副支配人というのは勤務中に起きた問題について責任を負うわけで、主だった部下がその気になれば問題はいくらでも発生する。したがって副支配人は己れの立場が許すかぎり、彼らを厚遇しておかなくてはならない。

ホテルの友人たちと話したのは日曜日の午後のことだった。家には電話を引けなかったので、わたしはロビーで結果を待った。

勤務中の副支配人はわたしを不採用にした例の人物だった。彼はわたしを見て、何度も寄ってこようとした。そのたびに電話が鳴ってデスクに引きもどされた。最後の電話が終わると、彼はわたしを手招きした。

「きみのことを観察していた」と口をゆがめて言った。「実際ほどは大きく見えないな」

「はい」わたしは答えた。「あなたはずっと大きく見えますよ」

副支配人はにこやかに笑った。「で、今夜から働きにくるか?」

「よろこんで。制服の丈を合わせてもらえれば」

「頼んだぞ」と彼はきっぱり言った。

こうして仕事を得た。

油田で書き散らしたもののなかから、わたしは地元で発行されていた地方文学の雑誌に短篇を二本送っていた。報酬は低いものの水準が高く、掲載されることが栄誉とされている雑誌だった。そこの編集者がわたしが街に帰っていると聞きつけ、社に寄ってくれないかと言ってきたのですぐに出向いた。

その編集者とは午後の長い時間をすごした。親切だが率直な物言いをする男で、わたしは彼の評価を素直に受け入れることができた。きみには才能があるとしながら、粘り強さがなければその才能には価値がないと言った。だが、わたしはしょせんその程度だった。力量についてはともかく、わたしが書いてきたのは基本的に子どもじみた動機からなのだ。わたしは人と〝対等〟になろうとしていた――自分は思われているほど愚かではないことを示し、夢に現実に悩まされた侮辱の数々を投げてきた連中を見返すためだった。わたしの人生は陰にこもることが多すぎた。見たことをもっと――もっとたくさん書き、見たかったことはずっと――ずっと少なくしなくてはならない。

自分で思っていたほど博識ではない。だからこそ〝人に見せよう〟と、人より知っているところを見せつけようと思ってきた。わたしはすべての何がしかは読んできたが、何かのすべてを読んではいなかった。

その編集者は、わたしにとって大学へ進むことが測り知れない力になると考えた。大学はわたしがやみくもにしてきた自己鍛錬に何らかの秩序をあたえるはずだと。それが自分の殻を破る助けになる。書くことが不毛だとか、馬鹿げているなどとはみなされない環境に身を置くことができると。

編集者自身はネブラスカ大学の卒業生だった。こちらで入学の見通しがつくのであれば、授業料の学生ローン、あるいは少額の奨学金の手続き申請を進めることも可能だと言ってくれた。

私は礼を述べ、考えてみると約束したが、その計画はどう転んでも不可能だった。懐事情から言えば、わが家はようやく陽が射してきたばかりで、これから来る夏は——ホテル商売がてんてこまいの時期なのだ。

相談した母と父は、何をおいても行くべきだと言った。父は自力でどうにかやっていく。母とフレディは——憶えているだろうか——ネブラスカの小さな町に暮らす祖父母のもとに身を寄せるという。だが踏ん切りがつかなかった。わたしたちにあるのは家族だけで、しかも秋の学期がはじまるころ、わたしは二十三歳になる。考えるほうがおかしい。

それでもわたしは悩んだ。そしてついアリーに打ち明けた。

「ふむ」アリーは考えこんだ。「行くべきじゃないか、ジミー。それにはいくらかかかる?」

「こっちの稼ぎよりはるかに」

「どうかな。何か思いつきそうな気がする」

翌晩に会ったアリーは、たしかにあることを思いついていた。思いつくどころか、はるか先まで手を打っていた。アリーの提案を聞いたわたしはきっぱり却下した。

「でも、何がいけない?」アリーは大いに困惑した態で疑問を口にした。「あれならたんまり稼げるし、こっちで投資する必要もないんだぜ。ウィスキーを売って何が悪い?」

「なんたって違法じゃないか!」

「それがどうした。もう長くない。誰がみたって禁酒法はすたれてる。いいか、大儲けできるんだぞ、ジミー! おまえなら人とちがってうまくやれるさ。おまえはホテルで受けがいい。経営者にも信頼されてる、だから——」

「これからも信頼されていくんだ!」

「おまえは卸売りをやる——サービス係全員に売りこめ。おれたちでほかから買わせないようにすれば、値段も吊りあげられる」

「おれたち?」

「アルの手下たちさ。やつらはここの酒を押さえてる」

「アル?　まさか——?」

「まあな。それだ。ちなみに言っとくが、ジミー、やつらはおまえがこの提案を蹴ることは望んでないと思う」

「そんなの、むこうの勝手だろう」わたしは鼻で笑った。「アル・カポネの子分だって!　ほんとはアリーの子分じゃないのか?　おまえの酒を売るつもりなら、ほかをあたってくれ」

「おれのじゃない、本当だ」アリーは片手を挙げた。「おれはこれっぽっちも稼いじゃいない。おまえを助けてやろうとしてるだけさ」

「荷物を盗む稼業にもどったほうがいいぞ。おまえはちっとも嘘がうまくなってない」

わたしは仕事に出た。

夜中の一時ごろ、母が電話をかけてきた。怯えている様子だった。

「ジ、ジミー。男がふたり――ふ、ふたりが大きなキャディラックで、こ、ここに来たの」

「それで?」わたしは言った。「どうしたの? 何の用だって、母さん?」

「と、止めようとしたんだけど、いきなりはいってきて。あなたにウィスキーを四ケース置いていったわ」

30

夜が明けて、わたしは彼らと会った、というか、ホテルの従業員通路を出たところで待ち伏せされた。穏やかな話し方の、流行の服装をした若者たちで、年の差はさほどなく、これまでギャング映画で勉強してきたような連中とは大違いだった。いっしょに朝食を取りながら、わたしは勇をふるってウィスキーを売れない理由について語った。

彼らは口をはさむことなく、黙って聞いていた。わたしの説明が終わっても、座ったままでじっとこちらを見つめていた。

「だから」――わたしは笑いでごまかした――「つまり……おわかりのように、こんなことをした経験はないし、それに――」

「じゃあ、ブツはどうするつもりなんだい?」と、ひとりがさりげなく割ってはいってきた。「売れないならどうする? 代金はどうやって払う?」

「それは――その――」

「あんたには四ケースの貸しで、一ケースにつき九十八。締めて三百九十ドル。金はあるのかい?」

「だって」わたしは声を張りあげた。「そんなものは注文してないんだから。家に取りにきてもらうか、じゃなければこっちから送りかえす。指定の場所に。でも――」

「金はあるのかい?」男はくりかえした。「だったら、代金はどうやって払う?」

「いま言ったじゃないか――わかった。わかりました。売るとしても――」

「決まりだな。段取りは出来てるんだ。動きだせば週に十や十五ケースは行く」

石壁に向かってしゃべるようなものだった。話し合いにならなかった。むこうは端から話し合う余地がないといった態度だった。

正直、深刻な危険が身におよぶ可能性さえなければ、この時点で迷うこともなかったと思う。まだ深入りはしていなかった。むこうにしても、いわば手を汚していない相手が当局に訴え出るようなトラブルを起こせば、失うものが多すぎる。金は払っても、抱きこむまでには至っていないのだ。買い手は慎重に行動し、売り手を激しく動揺させるような真似は慎まなくてはならない。

だから、わたしがひたすらノーと言いつづければ、それで問題は解決していたと思う。だが厄介な人生を送ってきたわりに、わたしは忍耐というものを培ってこなかった。土壇場になって母を脅しつけたことが、とにかく不愉快でしょうがなかった。あの連中に教訓を学ばせなくてはならない、それをやるのは自分しかいないという気がした。

「わかった」わたしは肩をすくめた。「いつまでに金を払えばいいんですか？」

「どれくらい欲しい？」

「そうだな、これをはじめて、たぶん売り切るのに――一週間はかかる。なんだったら、一ケースごとに払うこともできるけど――」

予想したとおり、むこうはそれを望まなかった。面倒だったからだ。また相手を信頼していないということになり、それでは事業として非常に不健全なことになる。

「こっちはせっつく気はないんでね。一日、二日やってから決めりゃいい。ここはおたがいさまだ。じきに現金がはいってくるだろうから」

「いつまでも甘えるわけにはいかないし。だったら、そうだな――」

しかし、彼らは承知のうえだった。こちらには圧力をかけている。わたしと家族にはあらゆるものが必要で、わたしとしては真っ先にそれらを確保しなければならない。当然。あたりまえのことだ。稼ぐ金に使い途がなければ、働く意味などどこにもない。

現金のやり取りをはじめるまで、多少の猶予ができた。で、いまから二カ月。受け取りと支払いの手はずを決めると、わたしは家に帰った。

父は数日街を留守にしていたから、昨夜の出来事は知らない。母には他言しないようにと、強引に説き伏せた。

「どうしてなの」母は溜息を洩らした。「どうしてあなたはいつもそう厄介なことに首を突っ込むの？」

「首を突っ込むんじゃない。巻きこまれるんだ」

「そうよね！　あんな人たちに付けこもうと思ったりするから巻きこまれるのよ。あなた、そんなことができると本気で思ってるの？」

「いいから見ててよ」わたしは請けあった。「グラントがリッチモンドにやったみたいに、あいつらを仕留めてみせるから」


わたしが働くホテルはその業界において、〝堅く〟て〝きれい〟な場所として知られていた。外に使いに出たベルボーイは、警備による厳重な身体検査を受けさせられる。制服を不自然に膨らませていたり、それなりの大きさの包みを持っていれば、まず間違いなく検査の対象となる。が、ホテルがそこまで警戒を敷いているにもかかわらず、ウィスキーはもちろん密売されていた。けれども、わたしが思い描く作戦は、一度に一パイントなどという並の方法では実行不可能だった。わたしの作戦はその土台をホテル内部に置かねばならない。

ホテルの低い階にある部屋の多くが、暑い季節に閉鎖されることはすでに述べた。ちょうど暑い時期で、わたしはそんな一部屋の鍵を拝借すると、安手のスーツケースに入れて持ち込んだウィスキーの保管場所にした。

車で通用口に乗りつけた〝客〟が、ホーンを鳴らしてベルボーイを呼ぶ。するとわたしが駆けだしていって〝荷物〟を受け取り、部屋まで運ぶ。こうした荷運びはふだんから真正な客との間で日に十回以上もおこなわれるので、わたしの出入りは目につくこともなく、ほかのボーイたちが一パイントで咎められて馘にされたり、ときに警察行きになったりするなかで、つぎつぎケースを運び入れることができた。しばらくはなんの面倒も起きなかった。

その週の終わりには、さっそく四ケース分の代金を払った。日勤になった翌週には六ケース、そのつぎの週は七ケースを売った。週ごとに持ち込む数をすこしずつふやし、週末の決まった時間に金を払った。わずか数週間後には十ケース以上を取り引きするようになっていた。

いまや卸売業者の思惑とはべつに、どのホテルにも、無防備に営業する宿にまで大量のウィスキーが運びこまれていた。わたしとしては他のベルボーイや従業員に、儲けが出るか出ないかの値で再卸しするしかなかった。結末に向かってブツをさばく必要があり、何ケースかは損を承知で売った。取引き全体ではむろん黒字だった――正規のベルボーイの数倍は儲けていた。だが本来の見込みとはまったく比較にならなかった。

金は懐にはいるそばから服や医療費や歯科医療に、母に買わせて販売店に置きっぱなしにした車に費やした。そんな出費や日々の生活費で、手元にはほとんど残らなかった。今後旅をしていつまでも楽に暮らしていけるだけのものは、〝アルの手下たち〟に提供してもらうつもりでいた。

その週の初めに、これで最後のつもりで二十ケースを注文すると、〝手下たち〟の腰が引けた。いままでかならず代金を払ってきたわたしには、それだけの量を求める真っ当な理由があったのだが……

「その大会っていうのは――でかいものになりそうなのか?」

「新聞は読んだでしょう」わたしは肩をすぼめた。

「なんで一度にそれだけのブツを欲しがるんだい? 週の頭と半ばで分けちゃだめなの

か?」

「いままでずっと、一度に受け取ってましたよ」

「ああ、でも二十ケースだ。二千だぞ」

「じゃあ、あきらめようかな」とわたしはあっさり言った。「三十五人のベルボーイが働くから、二十なんて一日かそこらではけるチャンスなんだけどね。でも、五でも十でも、そっちの思う数をください」

わたしは二十を手に入れたが、手下たちのほうは不安を隠さなかった。それなりの手付を打ってほしいとやたら匂わしてくるので、持ち合わせがないと泣きついて週半ばの支払いにしてもらった。

こちらはそれで好都合だった。週半ばまでぐずぐずする気はなかった。事が計画どおりに運べば、五日間の大会のうち二日働いたら高飛びする予定だった。

最悪、ウィスキーは卸値で投げ売りすればいいと考えていた。ホテルが満員で、ボーイたちが大勢働くわけだから、儲けはかなり出るはずなのだ。すこしの運があれば三千になるし――好機が到来すれば――四、五千は行く。

どのみち、またとない変化が訪れる。父に元手を渡せる。母とフレディは祖父母のもとに身を寄せることなくいっしょに暮らして、わたしはネブラスカ大学に入学できる。

大会の初日は、わたしの人生でも長い一日となった——七時から正午まで、六時から十時まで働いた。いつものように、大会中の最初のシフトでは金は簡単にはいってこなかった。客のほうもまだほぐれていないのだ。チェックインと着換えをすることばかりに気が向いている。

わたしはウィスキー二パイントを小売りして、一パイントもないケースの残りは卸値で処分した。正午に勤務が明けるころには、すべて五セント硬貨で百ドルあまりを手にしていた。家に帰ると、この先の長くきつい仕事にそなえて睡眠をとることにした。

ウィスキーは、この最初の二度のシフトのあいだに盗まれることはなさそうだが、その後は安全ではなくなるだろう。客が一息ついたら、たちまち酒のマーケットは活況を呈して、やり手のボーイたちがこぞってブツを追い求めることになる。連中もわたしが卸売業者からやっていたように、わたしから盗もうとするだろう。盗んで売りさばいて高飛びする——まさにわたしが計画していたように。

今晩ホテルにもどったら泊まりこみ——ウィスキーの保管室で眠り、足抜けする準備ができるまでその場から遠く離れないようにする。相当に気を使う、きつい作業だ。およそ三十六時間、三方からの危機をくぐり抜ける。卸売業者の疑念がいつ沸騰するかわからない。目ざといボーイたちは盗みをくわだて、ホテルの警備員はわたしを捕まえようとする。連邦禁酒法取締官は……

ここまでは取り締まりの気配はなかったが、だからといって矛先がこっちに向いてこないともかぎらない。ホテルからは毎週、大量の空壜が搬出されていた。経営者も不審を抱いている。禁酒法取締官が手ぐすね引いているとしたら……

心配してもきりがない。わたしは目を閉じて寝入った。

その日の午後三時ごろ、母に揺り起こされた。

「ジミー! ウィスキーが見つかったって。禁酒法取締官よ!」

「えっ? 何だって?」わたしは朦朧として身を起こした。「どうして知ってるの?」

「いまラジオで言ってたのよ。五ケース押収して、その所有者を捜してるって」

半ば寝ぼけたまま、わが身に迫る窮状をすぐには理解できずにいた。思いかえすと、ぼうっとして笑い声まであげていた。たったの五ケースだって？　まあ、そんなに悪くない。それに誰のものかわかるまで――

そこではたと気づき、はっきり覚醒したわたしは顫えだした。五ケース！　くそっ、五ケース見つけたってことは、全部を見つけたってことだ！　酒はまとめて一部屋に置いていたのだ。五ケースと報道されているだけで、連中は最後の一本まで残らず押さえた。あの取締官たちは――そう、それにおそらくは副支配人と警備員たちも――おれの酒をむこう半年も飲みつづけるのか。

連中は酒が誰のものかを承知していた。わたしが隠し場所をつくるのをじっと待っていた。そうして手入れをしたわけで、わたしとしてはホテルから離れて口を閉じているしかない。さもないと――

しかし卸売業者が！　いまは高飛びできない。金がなかった。ここに残って金を払えないとなると……！　おそらく業者のほうにもニュースは伝わっているだろう。連中はわたしが十五ケースを売ったと思って、その分の上がりを求めてくる。もはやわたしがホテルで働けないとなれば、きっと全額の清算を要求してくるはずだ。取締官の手に渡ったとされる五ケースの損失は痛い。

わたしは母を押しのけるようにして電話をつかんだ。アリー・アイヴァーズに連絡した。すでにニュースを聞いていたアリーの驚きぶりも、わたしに負けず劣らずだった。

「とんだことに巻きこんで申しわけない、ジミー。安全にすんなり行くと思ってたんだ」

「いいんだ、わかってる。自分で蒔いた種さ。どうしたらいいだろう?」

「逃げろ。一刻も早く街を出ろ」

「無理だ! 車にガソリンを入れたら百ドルも残らない。千マイルは移動するし、母親と妹を連れていかなきゃならない――」

「こっちでうろついてたら、首を飛ばされちまうぞ。これは本気だ、ジミー。あしたまで待ったほうがいいと思ってれば、おれがそうさせてる。金はこっちでかき集めるから――」

「忘れてくれ」とわたしは言った。「こっちで――こっちでなんとかやってみる」

電話を切ると急いで身支度をした。母には荷造りをするように言った。

「荷造り?」母は疑いの目を向けてきた。「荷造りですって? あなた、もうどうかしちゃったの——?」

「じゃあ、荷造りはいいから。旅の用意だけでも。後のことは父さんがやってくれる」

ぶつくさ言いながらも、母はそれ以上反対しなかった。細かい事情はわからないなりに、わたしがどうにか窮地を脱け出そうとしていることは理解していたのだ。

母は校庭で仲間と遊んでいたフレディを呼びもどすと、ふたりで荷物をまとめはじめた。わたしはタクシーを呼んだ。

タクシーを街中に走らせて販売店へ行き、車を受け取った。

わたしはその実物を遠くからしか見ていなかった。だが昔から交渉上手だった母は今回、本来の実力をしのぐほどの成果を出していた。ボディ、タイヤ、内装はいずれも一級品だった。エンジンは少々せせこましく反応も鈍そうな気がしたが、何カ月もただ置きっぱなしにされていた車なので致し方ない。

家にもどると父が帰っていた。父はわたしが密造酒販売に手を染めたことに不満を見せたが、それ以上にわたしの身を案じていた。出発しなくてはならない。家族が離ればなれになる。父はわたしを叱責したかったはずだが、いまはその暇もなかった。

車に荷物を積むと別れを惜しんだ。ラジオにニュース速報が流れてから一時間足らず、母とフレディとわたしは街を出る旅路についた。

灼けるように暑い午後だった。ハイウェイを五マイル走ったころ、ボンネットから煙が噴くようになった。つぎの給油所まで約五マイルという場所で、エンジンが不吉な音をたてていた。

わたしは車を降りて点検した。

ラジエーターには水が満タンにはいっていた。ファンベルトは問題なく、オイルゲージもフルマークを指している。車をしばらく落ち着かせてからふたたび走りだした。

エンジンが熱くなると振動がひどくなった。母が顔をしかめた。

「どうなってるの、ジミー？　なぜこんなことになるの？」

「フラット・クランクシャフトがね」わたしは言った。「もともとおが屑とトラクター用のオイルにまみれてたんだけど。そこが緩んでる」

「それって――直すのにお金がかかるの？」

「かかる。それに直ったきりじゃない。軸受けがまた緩んでくるよ」

「それにしても……これからどうするつもり？」

「行けるとこまで行って、あとは——そう、時が来るのを待つしかないだろうな」

走りつづけていると、フロアを通して煙と蒸気が上がってきた。エンジンの振動で車全体が揺れた。フレディが耳を手でふさぎ、窓から顔を出した。母はフレディを車内に引きもどすと怒りの形相をわたしに向けた。

「もう、ジミーったら！　あなた、どうしちゃったの？　ばらばらに分解しそうなこの車で、文無し同然のわたしたちは合衆国を半分も横断しなきゃならないのに——それが——それが、あなたはそこで笑ってる！　ねえ、どうなってるの？　なぜ笑えるの？」

「わからない」とわたしは答えた。「ほかにやることを思いつかないからかな」

解説

ジム・トンプスン『バッドボーイ』の現代性

越川芳明（アメリカ文学）

『バッドボーイ』は、ジム・トンプスンの八作目の小説である。小説家が四十六歳のときの作品で、物心ついた幼少期から二十二、三歳ごろまでの出来事が、一人称の語り（「わたし」）で語られている。

作家が体験したことをクロノロジカル（時系列順）に、細切れに「ショートショート」みたいに綴ったものだ。急速かつ野放図に発展する資本主義への畏怖と嫌悪、暗い過去を背負う敗残者たちへの共感、また彼らを引き寄せる「アジール」（聖なる避難所）としての西部への愛着など、小説家トンプスンに影響を与えたであろう、若い頃のエピソードの数々が語られている。

いわば、「私小説」の試みと言える。いや、もっと正確に言えば、トンプスンが将来作家になるための（デビューは、三十六歳と遅かった）、「修行時代」を綴った「教養小説」と捉えるべきかもしれない。

ちなみに、この翻訳の原書版が出た一九五三年と翌年の一九五四年には、それぞれ五冊の小説が出版され、ものすごく多作な二年間だった。二カ月で一冊を仕上げるようなそうした早書きの能力と文体的な特徴（通常「ハードボイルド」と呼ばれる、ほとんど推敲がいらない簡潔な散文）のルーツを、若いころのジャーナリズムの仕事（業界新聞の埋め草、地方新聞や雑誌のフリーランスや記者など）に見いだす者もいる。通常は作品を出して初めて作家と認められるわけだが、この小説を読んで僕が思うに、トンプスンは作品を出すずっと以前から「作家」であった。その点を時代背景と絡めながら、論じてみたい。

T型フォードと西部の油田

この小説の背景となっている一九一〇年代や一九二〇年代は、どういう時代だったのか。トンプスン（一九〇六年生まれ）が青少年時代を過ごした頃に、アメリカ合衆国はどういう国だったのか。とりわけ、ここに描かれたアメリカの西部（ネブラスカ、オクラホマ、テキサス）はどういうところだったのか。

もし小説の中で描かれた「西部」が郷愁を誘うだけのもので、現代に通じるものがまったく見られないとすれば、われわれには退屈以外の何ものでもないだろう。

だが、たとえばコーマック・マッカーシーは、『ブラッド・メリディアン』（一九八五）で、十九世紀半ばの荒野を殺戮に彩られた戦争空間として描いている。そうした「交戦性」をのちに世界制覇に走るアメリカ合衆国の本質として示唆している。

トンプスンの描く西部は、われわれ読者に訴える現代性を備えているのだろうか。結論を急がずに、一つずつ見ていくことにしよう。

ネブラスカの小学校に入ったばかりの「わたし」は、両親以外にも自分に「教育」を施してくれる先輩たちにこと欠かない。たとえば、八歳から十歳年上の従兄弟（母方）二人から、たばこや酒の手ほどきを受けたり、担任の女性教師にいたずらをするようたぶらかされたりする。この従兄弟たちは、ただのいたずら坊主ではなく、新しい時代の空気をいち早く肌で感じとっている少年たちだ。いずれも失敗に終わるが、かれらの実験精神が当時、アメリカでおこっていた、新しい産業やイノベーションの写し絵になっているからだ。新しい産業やイノベーションとは、他でもない、二〇世紀初頭のテキサスでの油田の開発や、それと連動した自動車／航空機産業の勃興である。

少年たちは、親にプレゼントにもらった自転車を分解して、一週間かけて簡易な「自動車」に改造する。だが、走り出させると、コントロールを失い、食料貯蔵庫に突っ込んでその入口をふさいでしまう。

自動車製造で失敗した従兄弟たちは、こんどはシート三枚と物干し綱でパラシュートづくりに挑み、一八メートルの高さのある給水塔から下の貯水漕めがけて落ちる。

前者には、明らかに二〇世紀初頭に開発された新型の自動車への憧れがみられる。自動車と言えば、もともとは一台ずつの注文製造であったが、フォード社が一九〇八年にT型フォードという規格車を発売した。フォード社は、ベルトコンベヤーを使った流れ作業方式を発明するだけでなく、それを徹底的に洗練させて効率のいい規格品の生産を実現する。T型フォードを二十年近くモデルチェンジなしで売りつづけ、千五百万台も世の中に出した。大量生産により安価で自動車が提供できるために、購買層が広がった。そうした消費財の大量生産は、食料品や衣類品をはじめ、いろいろな分野に及び、技術革新が進んだ。そうした二〇世紀の大量生産・大量消費時代の象徴と言えるものが自動車産業であり、その代表的なモデルがT型フォードだった。

少年たちがマネをしようとしたのは、自転車に毛が生えたような初期のものだったとはいえ、移動手段としては馬車から自動車に移行する中で、それは大工場で作られた斬新な自動車が身近に見られる、進取にとんだ時代精神を反映していた。

トンプスンの『天国の南』（一九六七）で、T型フォードを乗りまわしているのは保安官助手である。超金持ちというわけではないが、小作人ほどの貧困者でもない。

「それは速いスピードでやってきた。音で車種がわかった。特許を取ったギアシフトとヘッドを搭載したT型フォード。モデルAやV8が出現するまえ、油田地帯でよく見られた車だ」

このT型フォードには、無法状態となっている油田地帯で、数カ月のあいだ「保安官助手」として雇われたバド・ラッセンという男が乗っている。法の執行者として、「必要なこと、さらにはそれ以上のことをやった。彼らは威張るのが好きだったからだ。ろくに食べず働きすぎで反抗できない連中に威圧的に接するのが好きだった」

こうした表現から想像できるように、作家トンプスンは、プロレタリアートと称される「ろくに食べず働きすぎで反抗できない連中」に心情的に加担しながら、ラッセンのようなT型フォードを乗りまわすプチブルを皮肉る。

「フロンティア・ジャスティス」と呼ばれるアメリカ西部の掟がある。保安官や裁判官のいない無法地帯で、超法規的に処罰をくだすことを意味する。ラッセンのような保安官助手は、この「辺境の法」の執行官として、自分の気にくわない相手を処罰できるから、「威張るのが好きで」、立場の弱い者に「威圧的に接する」のである。

さて、フォード社に代表される自動車産業を二〇世紀アメリカの基幹産業に押し上げるのに寄与したのが、テキサスやオクラホマの油田の発見とその開発であることには、誰の異論もないだろう。木炭や石炭から石油への熱エネルギーの移行がもたらす第二次産業革命によって、アメリカ西部は大きく変化した。

テキサス州ヒューストンは今でこそアメリカを代表する大都市であり、人口二百十万人（二〇一八年）というのは全米で四番目に位置するが、二〇世紀の初めは綿花の集積地で、人口は四万五千人で、全米八十五番目の町でしかなかった。石油精製や石油化学など、石油関連産業の勃興によるヒューストンの発展は、アメリカの発展そのものであった。とりわけ、一九〇一年、テキサス州南東部ボーモントの近くのスピンドルトップでの石油の発見は、新しい時代の幕開けとして、象徴的な出来事だった。

『バッドボーイ』の「わたし」の父親は、独学の身ながら、政治や穀物相場からボクシングや競馬の予想まで、幅広く熟知し、オクラホマシティでは法律事務所の共同経営者をしたり、保安官になったりした。調子に乗って、連邦議員に共和党から立候補し、人種平等を訴えたが、急進的すぎて、みごとに落選。帳簿づけがずさんで、三万ドルの欠損を生じさせて、刑事告発され、メキシコに逃亡する。

父の失敗はそれだけではない。油田事業にも手をだして、借金地獄に追いやられる。成功しそうになるものの、竜巻のせいで、夢が吹っ飛ばされるのだ。

「わたし」と石油産業について言えば、テキサス西部の油田地帯で、危険な油井櫓の解体作業をはじめ、パイプライン敷設のために、シャベルとつるはしを使った土木作業に従事する。その土木工事では、人々が荒野を移動して工事をしつづけるわけで、現場のちかくの飯場に大勢の作業員が野営する。

『天国の南』の冒頭には、こんな導入がある。「パイプライン敷設の仕事は、近年でもっとも大きな仕事のひとつになるはずだった——この人里はなれたガス田から、はるばるメキシコ湾のポート・アーサーまで。しかし、数週間まえにその工事の噂が広まって、週を追うごとに男たち——前科者、浮浪者、放浪者たちがここへ流れ込んできた」

『バッドボーイ』で、「わたし」がテキサス西部で目撃するのも、同じ顔ぶれだ。日当四十五ドルという日銭をもとめて集まってくる、社会の周縁に生きている者たちだ。

「飯場には渡り者、浮浪者、前科者、逃亡犯と四百人もの男がいた。（中略）地元当局が取り締まることは不可能で、そこは親方たちがやった。（中略）親方が正義という名の裁きをくだした」

ここで「辺境の正義」を体現するのは、保安官助手ではなく、飯場の親方たちだ。この親方たちが自動車に乗っているとすれば、T型フォードであるはずだ。

もちろん、『バッドボーイ』の背景となっている二〇世紀初頭、そこにいたのは敗残者ばかりではない。西部には成功のチャンスが限りなく広がっていた。先ほども触れたように石油が発見されたからである。テキサスの「石油王」と称されるセレブには、ヒュー・ロイ・カレン、H・L・ハント、シド・W・リチャードソン、クリント・マーチソンらがいたが、とりわけ、興味深いのはヒュー・ロイ・カレンである。

一八八一年生まれのカレンは、四歳のときに父親が家族を見捨てて出奔してしまう。そのために、サンアントニオで、母親ときょうだいで貧困のうちに育つ。すでに小学五年のときに家計を助けるために、学校に行かずにキャンディ工場で働く。十六歳で軍隊に入隊して米西戦争に参加しようとしたが、年齢制限に引っかかり入隊拒否に遭う。近くの町に行き、綿花専門の商社で働き口を見つけ、十八歳のときには農家から綿花を買い付け、それを会社が売って儲けを出す「バイヤー」の職を得て、それなりの成功を収める。結婚後、会社に所属しないで「綿花のブローカー」をしていたが、三十歳を機にヒューストンに出ていき起業を決意。今度は不動産業に手を染める。四年ほどは大した成果をあげられなかったが、ある人物との出会いが運命を左右する。一九一五年に、ヒュー・ロイ・カレンは不動産業で成功を収めているジム・チークという男に出会う。ロイとジムは、二人とも石油への投資ではズブの素人だったが、急激なブームになっていた石油産業に賭けることにする。二人は五年間、テキサスのあちこちを旅してまわり、州の中部と西部で、四十三カ所の土地の賃貸借契約を結ぶ。投資家から二十五万ドルの資金を集め、三カ所で油井櫓を立てたが、石油は出てこない。

初期の石油発見の方法は、地上にある地質的特徴から油田を探りあてるというもので、たとえば、岩塩ドームと呼ばれるものはその一つだった。ロイは、ヒューストン郊外の「ピアス・ジャンクション」というところにあたりをつけ、岩塩ドームの端っこを掘るという計画を立てた。知り合いの判事のサポートもあり、四万ドルの資金を集め、自己資金の二万ドルを足して土地の賃貸契約を結び、狙った場所を掘らせてみた。すると、見事に一日につき二千五百バレル（一バレルは約百六十リットルなので、約四十万リットル）の石油が噴き出る、「ガッシャー」と呼ばれる大油田に当たった。

続いて、これまで掘ったことがない深層までドリルを入れる案を提唱して投資を募り、それは二番目の「ピアース・ジャンクション・ガッシャー」の発掘につながる。さらにテキサスの材木業で財をなしていた男が投資をしてくれていたが、その男と一緒に、別の岩塩ドームの端っこにドリルを入れると、ここでも一日六万バレルの油田を掘り当てた。

こうしてほとんど無一文だったロイは、五〇年代に亡くなる前に、資産二、三億ドルの大富豪になっていたという。

このように「アメリカン・ドリーム」を絵に描いたような道を歩んだ者がいる一方、二〇世紀初頭の「激動の時代」にドリームをつかみ損ねた者もいた。いや、成功者は一握りにすぎず、そちらの方が圧倒的な多数派だった。

ジム・トンプスンの父親もその一人だった。本書でも、父のオクラホマシティでの成功と失敗が語られているが、続編の *Roughneck*（一九五四）の冒頭でも、トンプスン家のいっときの栄華が触れられている。十年後に「わたし」と母と妹は、その町のメインストリートにほとんど無一文で通りかかるのだが、「わたし」はこんな幻影を見る。

「わたしには、このビルから親父が飛び出てくるのが見える気がした。若くて、オシャレな服を着て、自分のアパーソン社のジャック・ラビットか、コール社のV8大型セダンに向かって駆けていく姿が。わたしたち家族の者が一緒に車に乗って、壁の本棚が本で埋まった、天井の高い我が家に帰る姿が見える気がした。わたしたちのために、夕食の準備をしている料理人の笑顔も」

アパーソン社は、一九〇一年にインディアナ州ココモに設立された自動車製造会社。縦型四気筒エンジン搭載の、六人乗りのツアー・モデルの開発で知られ、一九〇七年に「ジャック・ラビット」の名前で有名になる時速九十キロの「スピードカー」を五千ドルで売り出す。コール社は一九〇九年にインディアナポリスで設立され、二五年まで高級車の製造を行なった。V8エンジンの開発のパイオニアで知られる。倒産するまで、三万五千台しか作られなかった。とはいえ、0型で知られるV8車は利益率がよく、一九一六年に一台千六百ドルした。

それに対して、T型フォードは、販売を始めた一九〇八年に八百五十ドルだったが、販売を終了する二年前（一九二五年）には三百ドルまで下がり、時には全米で販売される自動車の四割を占めることもあったという。

かつて「わたし」の父は、何百万ドルの石油ビジネスにかかわり、羽振りもよかった。乗っている車もアパーソン社やコール社の高級車だった。だが、自分たちが今乗っているのは、T型フォードのポンコツ車だ。この大きな落差。まるで、祇園精舎の鐘の声、諸行無常の響きあり……ただ春の夜の夢のごとし、といった『平家物語』のフレーズが浮かんできそうな運命のいたずら。

確かにトンプスンの小説には、主人公も含めて社会の周縁に追いやられた労務者たちが多く描かれていて、「プロレタリア文学」のように論じられたりするが、彼の文学の本質は、アメリカの資本主義への抗議ではなく、むしろ社会風刺や人間風刺にあるのではないだろうか。

二〇年代のメキシコの金山を舞台に、「わたし」の父と同じように、「黄金」を一夜にして失う男たちの悲喜劇を扱ったハリウッド映画がある。ハンフリー・ボガード主演、ジョン・ヒューストン監督の『黄金』（一九四八）という作品だ。無一文のアメリカ人たちが必死の思いで手にした砂金をひとり占めしようとして、最後は誰もが元の無一文になるという「諸行無常」の物語。ただし、この映画には、誰もが相手をなんとか出し抜き、利潤を上げようとする資本主義のゲームが一段落して、勝利者がいない無常観漂う世界に対して、その周縁から笑いを発する狂気の想像力がある。トンプスンの小説のテイストもそれに似ていて、当事者本人たちには笑えない悲喜劇を描く。

たとえば、『バッドボーイ』の結末を見ればいい。テキサスの地元ギャングと手を組んだ密造酒販売の失敗で、「わたし」は、母と妹を連れてポンコツ車（もちろん、T型フォード）で、遠いネブラスカまで夜逃げを試みる。だが、たちまちエンジンが不吉な音を立てる。点検してみると、車軸がおが屑とオイルにまみれて緩んでいる。しばらく走り続けていると、床から煙と蒸気が上がってくる。母は怒り心頭で「わたし」に怒鳴りつける。「ばらばらに分解しそうなこの車で、文無し同然のわたしたちは合衆国を半分も横断しなきゃならないのに――それが――それが、あなたはそこで笑ってる！　ねえ、どうなってるの？　なぜ笑えるの？」と。

人生の早い頃から、いっときだけ成功は収めるが、失敗に次ぐ失敗を重ね、「わたし」は二十代なかばにしてこうした「狂気の笑い」を獲得するにいたる。こうした「ブラックユーモア」は、小説家としてトンプスンの本質に思えるので、本稿の最後にもう一度別の角度から触れることにする。

トンプスンは、資本主義ゲームの負け組に対してはもちろんであるが、勝ち組に対して、憐れみを感じる心性を持っている。

『バッドボーイ』の「わたし」は、十代で学校に行きながらゴルフ場のキャディをしたり、雑誌社での半端仕事、ホテルのベルボーイをはじめ、いろいろな仕事やアルバイトをして「人生勉強」をする。そして、新聞社で記者をしていた頃には、「名うての悪党や名士の数々」にインタビューをしたという。「映画スターに殺人犯、鉄道会社の社長に偽証人、王子、女衒、外交官、扇動者、判事に被告人」などに。しかし、「あるとき、アメリカで三番目に金を稼ぐという西海岸の実業家に話を聞いた。誘拐を極度に恐れるあまり、自宅を要塞化してしまった人物で、電話番号を入手したわたしが連絡を入れるとヒステリーを起こしかけた」

こうして富豪になっても、警戒しすぎて人生を楽しめない人間、不幸になってしまう人間がいることをトンプスンは知った。トンプスンは資本主義ゲーム自体を攻撃するのではなく、自分自身も含めて、それに翻弄されてしまう人間たちを、共感を込めて笑いのめす。

長々と二〇世紀のアメリカの自動車産業と石油開発について述べてきたが、いま時代は、石油から再生可能なエネルギー（太陽光や風など）へと移行しつつある。“GAFA”

（グーグル、アマゾン、フェイスブック、アップルの四社を合わせた総称）と称される巨大ＩＴ企業に先導されるデジタル／インターネット革命（第三次産業革命）を経て、いま、先進国では自動車運転技術をはじめ、さまざまな工業部門や日常生活でＩＣＴ（情報コミュニケーションテクノロジー）による自動化の開発が進んでいる。それらの未来革命を第四次産業革命と呼ぶ者もいる。（Reimund Neugebauer, et.al, "Industrie 4.0—From the Perspective of Applied Research," *Procedia CIRP* 57 (2016) 2-7）

ただし、トンプスンの「第二次産業革命」の時代から百年近く経っているとはいえ、先の読めない「激動の時代」であることは同じである。むしろ、世界中で、一握りの富める者と大勢の貧しい者との格差がいっそう広がるという予測もなされている。したがって、「激動の時代」で敗れていった者に焦点をあてて、一言でいえば「アメリカン・ドリームの悪夢」を描いたトンプスンのこの小説は、ばら色とは言えないわれわれの未来を語る寓話にもなりうるのである。二十一世紀に生きているわたしたちにとって、それこそがこの小説の現代性ということができる。

「わたし」の父は、議員になろうとして多額の借金を出して大失敗したことから、「人の苦労は無知から生じる」という信条を得る。

父がメキシコに逃亡しているあいだ、「わたし」はネブラスカの親戚（祖父母）の厄介になる。とりわけ、祖父のマイヤーズは、頑固なアル中だが、「わたし」にユニークな「教育」をほどこす。

信心深い祖母に「伝道集会」に連れていかれた六歳の「わたし」は、牧師による「地獄行き」の説教のせいで、眠れない夜を過ごす。「当時の伝道集会では、世界が終わる日付けを牧師が予言するきまりになっていた。わたしを恐怖におとしいれたあの牧師は、自分が発って六週間後には、世界はもはや存在しないだろうと述べた」。わたしの不安を察して、マイヤーズ祖父さんは、トディ（ホット・ウィスキー）と安葉巻で「わたし」を落ち着かせてから、伝道集会の牧師の言い草を真に受けるのは「愚の骨頂だ」と説いて、笑わせてくれる。「悲惨きわまりない少年期を経験した祖父は、子どもの心を落ち着かせることこそ善、心の平安を乱すものは悪と信じていた」のだ。

ある日の朝はやく、祖父は「わたし」を「大馬鹿者の群れ」を見に連れていくという。

祖父があらかじめ目星をつけていた家に行くと、その一家の者たちが寝間着姿で屋根に登っていた。祖父は「世界の終わり」を真に受けた信者たちを、「なぜ寝間着なんだ?やつらは天国でずっと寝てすごすつもりなのか」などと嘲笑し、少年の「わたし」も大いに笑う。

とはいえ、「わたし」の内面は、あけすけな祖父よりはもう少し繊細かつ複雑で、西部の純朴な田舎者たちに対して、保安官助手にしたように、皮肉ることができない。「その朝、身内の誰よりも笑おうとしたわたしだが、実際は笑う相手に強く共感をおぼえていた。(中略)おそらく、わたし自身が何度となく大馬鹿者であったからだろう」

さて、ここで祖父によって揶揄された伝道集会と福音主義について触れておこう。『バッドボーイ』の少年が祖母にキャンプミーティングに連れていかれた時代、プロテスタントのペンテコステ派によるキャンプミーティングが盛んだったようだ。かれらは、イエスの復活・昇天後に、百二十人の信徒が神の聖霊の降臨を受けたという『使徒言行録』の一説を文字通り信じて、聖霊降臨(ペンテコステ)の運動を展開した。一九〇六年、ウィリアム・シーモア牧師によるロサンジェルスでの集会では、聴衆者が「聖霊のバプテスマ」を受けてエクスタシー状態に陥り、「異言」を語るという現象が起こった。リードによれば、一九一三年に、同じくロサンジェルスで、全世界ペンテコステ派のキャンプミーティングが開かれ、ある伝道師が予言すると、翌年、大勢の信者がその「聖霊のバプテスマ」を経験した。集会は、ほどなく全米各地に広がったという。(David A. Reed, "Then and Now : The Many Faces of Global Oneness Pentecostalism," *The Cambridge Companion to Pentecostalism*, 2014, 52-70)

もともとアメリカ大陸にやってきた清教徒たちは、マルティン・ルターらの宗教改革に賛同した者たちで、カトリック教会と違って、「教会」の権威には重きをおかず、「聖書」の言葉がすべてとみなした。植民地時代から現代まで、アメリカの宗教史において、「聖書」の「福音」を広める説教者の存在が大きな役割を果たしてきた。

そうした福音主義《エヴァンジェリズム》の信仰復活運動の例として、アメリカでは、ニューイングランドを中心に一七三〇年から四〇年代にかけて起こった「大覚醒」と呼ばれるものがよく知られている。特に、メソヂスト派では、集会でゴスペルソングを歌うミサの採用によって、黒人の改宗に成功したと言われる。この「大覚醒」の代表的な人物といえば、ジョナサン・エドワーズを措いて他にない。彼の説教は、改革派カルヴァンの神学に基づき、その有名な説教「怒れる神の御手の中にある罪人」は、凄まじい地獄の苦しみを説き、改宗して神の正しい救いを求めることを訴えた。『バッドボーイ』の少年が聴いたのは、そうしたエドワーズ流の説教だったと思われる。

また、世俗化の進んだ十九世紀初めには、「第二次大覚醒」と呼ばれる信仰復活運動が起こり、キャンプミーティングで福音主義（神による罪の裁き、十字架による贖罪、神の復活など）を説き、大勢の人々に改宗の機会、救済の機会をもたらした。主な伝道者には、チャールズ・フィニー、バートン・ストーンらがいたが、その宗教復活運動はやがて刑務所改革、女性参政権や奴隷制撤廃などの社会改革につながった。

さて、二〇世紀から現代までは、テクノロジーを利用した伝道集会が生まれる。二〇世紀前半はラジオ伝道が、その後はテレビ伝道が流行したが、その両方でカリスマ的な存在感を見せつけたのは、ビリー・グラハムである。とりわけ、「エレトリック教会」とも呼ばれた、テレビ伝道キャンペーンの第一回目で、百五十万人もの信者と寄付金を獲得したという。

さらに、ビリー・グラハムの後には、レックス・ハンバード、オーラル・ロバーツなど、新しい「テレヴァンジェリスト」たちが誕生して、視聴者に自宅から教会に対して、クレジットカードを使って寄付金を送らせることに成功した。現代では、コンピュータやスマホを使った「インターネット・エヴァンジェリズム」への移行が見られる。小さい教会が生き残りをかけて、動画や音楽を活用したウェブページを作って布教活動を行なっている。

これまで、『バッドボーイ』に描かれた、アメリカの福音主義者の伝道集会に触発されて、長々とそのことについて述べてきた。そのわけは、それが過去の遺物ではなく、現代アメリカに根強く息づいていて、政治動向に大きな影響を与えているからである。福音派のカリスマ伝道師ビリー・グラハムは、死ぬまで戦後の歴代大統領たちに影響を与えたと言われる。福音派の信者たちの票が選挙での当否を決めるからだ。

なぜトランプ大統領は、イスラム教徒たちの抗議にもかかわらず、聖地エルサレムへのアメリカ大使館の移設をはじめとして、イスラエルを擁護しつづけるのか。

それは、福音主義者たちこそトランプ政権の大きな支持層だからだ。アメリカの福音派の者たちは、「創世記」に描かれた、アブラハムの子孫（ユダヤ人）にシオン・エルサレムの永久所有を認めるという「アブラハム契約」を信じており、かれらは親イスラエル派だからだ。

もし作家トンプスンが生きていたら、トランプ政権を支持する素朴な「大馬鹿者」たちをどのように言っただろうか。早朝に家の屋根に登って世界の終わりの「ハルマゲドン」を待った、ネブラスカの「大馬鹿者」たちに対して抱いたのと同じような「共感」を果たして抱くのだろうか。それとも、テキサスにも大勢いた、自分たちの「常識」を盲信している「大馬鹿者」たちに感じた「鬱陶しさ」を感じるのだろうか。

バーレスクとブラックユーモア

最後に、『バッドボーイ』におけるトンプスン（「わたし」）の語りの本質について述べておきたい。

かれは幼少時代から二十代初めまで、数々の悲惨な目に遭い辛酸を舐めてきた。そうしたエピソードを綴りながら、そこには暗い絶望がない。たとえ絶望するような出来事があっても、一歩引いて自分の絶望を笑いとばすユーモアがある。もちろん、そこには二十五年以上の時間的な隔たりがあり、過去の出来事を冷静に眺められるという事実がある。

それ以上に、将来の作家トンプスンにそうしたユーモアのセンスを与えてくれた存在を忘れることはできない。先ほども触れたネブラスカの祖父である。

十三歳の頃、「わたし」は、テキサス州フォートワースで「百万ドル稼ぐ」父親とそりが合わず、父親のやり方に逆らっていた。金持ちの子供は金持ちらしくという父親の考えで、「わたし」は高級紳士服店で奇抜な「制服」を作らされ、ついに我慢できなくなり、父に対して「罵り言葉」を吐く。罰として家族旅行に同行させてもらえなくなった三日間、遠いネブラスカからやってきたのが、あのマイヤーズ祖父さんだった。

祖父は不良くずれの少年に安葉巻をくれ、密造のバーボンウィスキーでホットトディを作ってくれる。少年を子供扱いしないのだ。ただ人生の先輩としてアドバイスする。「おれたちにはそれぞれやり方があって、そいつをやってくだけさ。他人様のやり方なんて真似できやしない。こっちでやり方を押しつけてもだめだ。よけい依怙地になっちまって、敵にまわすのがオチさ」と。

そこからが真骨頂で、少年に自分の大きなスーツをまとわせ、レストランに連れていき、二人でステーキに卵にホットケーキの朝食をたらふく食べる。その後、ビリヤード場と遊戯場へ行って遊び、最後にバーレスク劇場に繰り出す。

バーレスクとは、イギリスのヴィクトリア朝時代（十九世紀後半）に流行った大衆演劇の一形式だ。様式にとらわれないで演じるパントマイムがあったり、妖精物語を派手な演出で見せたりした。あるいは、類型的な人物が登場して、滑稽な演技をして観客を笑わせた。

一九六八年夏に、ロンドンのリディア・トンプソン一座がニューヨークにやってきて、大成功をもたらし、バーレスクは二〇世紀半ばにいたるまで全米各地に広がりを見せる。

アメリカの舞台では、歌や踊りで上流階級の上品さや賢さを称揚していたものの、観客は労働者階級で、そこにはバーレスクの社会批評や文学的な風刺が効いていた。オーエン・アルドリッチは、次のようにその方法論について語っている。バーレスクは、「崇高な、威厳のある人物や制度を粗雑にぞんざいに扱う」と。

「風刺の恰好の主題は、政治だったり家庭問題だったり、あらゆる種類のセックスの問題だったりする。政治家や判事、警察官などは恰好の標的であり、裁判所はよく出てくる舞台設定だった」（A.Owen Aldridge, "American Burlesque at Home and Abroad: Together with the Etymology of Go-Go Girl," *Journal of Popular Culture*, 5-3, 568）

バーレスクには、もともとヴィクトリア朝のブルジョワ文化を脅かす破壊力があった。バーレスク劇場では、下流階級の観客がお上品な上流階級をからかうことができたからである。さらに言えば、リディア・トンプソン一座のバーレスクには、「おしとやかな女性」という、伝統的な女性観や女性の役割を脅かす「ジェンダー革命」や「労働者階級による汚染」をもたらす危険性があった。(Robert C. Allen, *Horrible Prettiness : Burlesque and American Culture*, Chapel Hill : U of North Carolina P, 282)

しかし、ニューヨークのバーレスク劇場では、奥まった三階席が売春の温床になっていた。舞台のほうも、女性が歌と踊りで裸体をさらすストリップショーに変容していく。「わたし」がネブラスカの祖父に連れていかれたのは、おそらくそんなストリップ劇場としてのバーレスク劇場にちがいない。

「当時、フォートワースにはバーレスク劇場がやたらにあって、最前列、別名〝禿頭席〟を手に入れることができた。途中で短く交互に三度抜けたほかは、小屋が閉まる深夜十二時までねばった」

「すっかり満足の一日だった。爺は案内係に酒壜を一本渡し、舞台裏にも一本届けた。あの場所では、爺とわたしのやることは決まっていた。娘たちがほぼ裸になるまで衣裳を引きはがしていく。爺は舞台に上がって楽屋まで娘たちを追いまわした」

バーレスクの荒っぽいユーモアは、ペンテコステ派や福音派特有のプロテスタントの謹厳な倫理観とは対極に位置した。バーレスクが、きらびやかな見世物（女のエロティズム）や模倣（女が男を演じたり、白人が黒人を演じたりする）を強調するのに対して、プロテスタントの倫理は、勤勉や禁欲を重んじて、人間の「見せかけ」と「本質」の乖離を嫌った。バーレスクは、まさに「見せかけ」の演技によって、人間の「本質」をえぐりだしたり笑ったりすることをめざす。トランプ大統領ならば、さしずめそうした手法を「フェイク」とやじることだろう。自らそうした手法を使っているにもかかわらずに。

さて、ネブラスカの祖父は禁酒法の時代に堂々と酒を飲みながら、そうした型破りの「成人教育」を三日にわたって「わたし」にほどこした。笑えるときには腹の底から笑うことを身をもって教えたのである。それというのも、孤児であった祖父は、かつて「わたし」にこんな民主主義的なアドバイスを送っていたからである。「世間の笑いものになるのはみんなの権利で、いずれおまえの順番が回ってくるぞ」と。

先ほども触れたように、『バッドボーイ』の結末は、無一文で夜逃げする家族を乗せたT型フォードの故障という悲惨な状況である。そんな悲惨な出来事に対して、「わたし」は「狂気の笑い」で応じる。母が怒りにまかせて「なぜ笑えるの?」と問うのに対して、「わたし」はこう答える。「ほかにやることを思いつかないからかな」と。

これこそ、バーレスク的なオチというしかない。かくして、トンプスンが祖父から受け継いだ、「ブラックユーモア」という人生の荒波を渡る手立ては、作家トンプスンの語りの強力な武器となり、物語の大きな魅力となっているのだ。

訳者略歴

土屋晃

東京生まれ。慶應義塾大学文学部卒。訳書に、スティーヴン・キング『ジョイランド』、ジェフリー・ディーヴァー『限界点』（ともに文春文庫）、テッド・ルイス『ゲット・カーター』（扶桑社文庫）、エリック・ガルシア『レポメン』（新潮文庫）など。

バッドボーイ

2019年8月1日初版第一刷発行

著者：ジム・トンプスン

訳者：土屋晃

発行所：株式会社文遊社

東京都文京区本郷4-9-1-402　〒113-0033

TEL: 03-3815-7740　FAX: 03-3815-8716

郵便振替：00170-6-173020

装幀：黒洲零

印刷：中央精版印刷

Bad Boy by Jim Thompson

Originally published by Lion Books, 1953

 Printed in Japan.　ISBN 978-4-89257-147-3